MAGISTERIUM

魔法學園

MAGISTERIUM

V

黃金巨塔

THE GOLDEN TOWER

Holly Black
荷莉 · 布萊克
Cassandra Clare
卡珊卓拉 · 克蕾兒 著
陳芙陽 譯

重要人物簡介

凱爾

本書主角，擁有強大混沌魔法的「喚空者」。
在邪惡勢力與魔法界的大戰中發揮關鍵戰力，
重新平反，重返魔法教誨院。

塔瑪拉

魔法教誨院五年級，與凱爾目前處在微妙的曖昧中，
面對凱爾的表白，她曾經給予肯定的答覆，
但在「艾倫復活實驗」上的分歧，又讓兩人出現隔閡。

艾倫

凱爾、塔瑪拉最好的朋友，曾是強大的「喚空者」。
被凱爾復活之後一度失去自我，現在他的身體已死，
精神卻活在凱爾的身體裡。

賈思珀

魔法教誨院五年級，高大的亞裔男孩，性格傲慢，
原本與凱爾是死對頭，後來與凱爾出生入死，
不知不覺中已成為凱爾的夥伴。

瑟莉亞

魔法教誨院五年級，原本對凱爾有好感，
卻在知道他真實身分之後轉而憎恨他。

埃力斯

原本是凱爾等人的學長，但卻被邪惡所惑，
不但奪走了艾倫的魔法，甚至還不惜被混沌吞噬，
成為前所未有的混沌被噬者。

安娜絲塔西亞

曾是魔法公會最德高望重的魔法師之一，
真實身分是死神敵的母親，
大戰失敗後遭到關押。

拉雯

原本是塔瑪拉的大姐，
後來卻因為沉溺魔法淪為火元素獸，
擁有強大的戰鬥能力。

獻給擅長使壞的凱米和艾略特

第一章

凱爾生平第一次覺得，他從小住到大的房子看起來好小。

阿勒斯泰停好車，兩人和小肆一起下車，小肆旋即繞著草地邊緣一路吠叫。阿勒斯泰瞄了凱爾一眼就逕自鎖上車，因為他們沒有行李箱，也沒有行李袋或其他行李推車要拿。凱爾從約瑟大師的根據地回家，身上一無所有。

不是一無所有，艾倫的聲音在他的腦海中說，**你還有我**。

凱爾壓抑笑意，如果爸爸看到他莫名其妙笑起來，一定會覺得很詭異，尤其，最近沒什麼值得笑的事。魔法教誨院打敗了約瑟大師率領的軍團，卻付出極大的傷亡代價。凱爾最好的朋友艾倫才剛死而復生，卻又再度死去。

就大家的認知是這樣。

「你沒事吧？」阿勒斯泰瞥了他一眼。「看起來一副消化不良的樣子。」

凱爾放棄收斂笑容的努力。「我只是很高興回家。」

阿勒斯泰笨拙地擁抱他。「這也難怪。」

屋子裡看起來也變小了，凱爾走進他的房間，小肆氣喘吁吁跟在後頭。看到小肆現在有著尋常的綠色狼眼，而不是混沌獸的閃爍眼珠，感覺還是很怪異。凱爾彎腰搔弄小肆的耳朵，狼打了大呵欠，尾巴咚地落在地面。

凱爾在房間到處走動，幾乎是漫無目的把東西拿起又放下。鍛鐵年級的舊制服、來自教誨院洞穴的光滑卵石，還有一張他和艾倫、塔瑪拉開懷大笑的照片。

塔瑪拉，他的胃糾結起來。

自從在約瑟大師根據地外頭的那場戰役，塔瑪拉跪在他身體旁邊過後，他就還沒跟她說過話。在那個時刻，她似乎真的就像他希望的那樣關心他，但是隨後的沉默卻讓他了解自己的立場。畢竟，不想讓一個人死去是一回事，但跟真的活下去的他們說話，卻又完全是另一件事。

塔瑪拉一開始就不希望凱爾喚回死去的艾倫，當他真的做到了，她也不認為那是艾倫本人。說句公道話，艾倫的行為的確不像他本人。結果發現，靈魂回到稍稍腐爛的身體，會產生怪異的事。諷刺的是，現今在凱爾腦海喋喋不休的艾倫反而比較像他自己了。但是，塔瑪拉不知道艾倫還在，而且凱爾確信，根據她先前的反應，如果她發現了這件事，一定會對他抱持高度猜疑。她早已認為凱爾是邪惡的巫師了，或至少有邪惡的傾向。

凱爾不是真的很想思考這件事，因為在全世界所有人之中，塔瑪拉一直是最相信他的人了。

你知道，我們還是得告訴她。

凱爾嚇了一大跳。儘管當他因為和埃力斯交戰時使用太多混沌魔法，而在教誨院醫務室接受治療的整段期間，艾倫都一直跟他同在，但是發現有人聽到自己的思緒並且回應，卻始終無法不被嚇到。

門上傳來敲門聲，阿勒斯泰接著打開房門。「你想要吃點晚餐嗎？我可以做燒烤多香果乳酪三明治，或是買個披薩。」

「三明治就好了。」凱爾說。

阿勒斯泰慎重準備了晚餐，他先用奶油塗鍋，以便把吐司煎得恰到好處；再開了一個蕃茄湯罐頭。凱爾的爸爸從來就不怎麼擅長廚藝，但是能和他同桌用餐，並且偷偷丟麵包皮給桌底下的小肆，可是遠比約瑟大師所變出的極致美食更加美味呀。

「那麼——」阿勒斯泰坐下，在兩人開始用餐時開口說話。蕃茄湯甜鹹適中，多香果乳酪也辣得剛剛好。「我們需要談談未來的事。」

凱爾從蕃茄湯抬起頭，一臉困惑。「未來？」

「你就要升上教誨院的黃金年級，大家都同意你已經，呃，學會足夠的魔法，可視為完成白銀年級。等你秋天一回到學校，就可以直接通過年級結業門了。」

「我不能回去教誨院！」凱爾說：「大家都痛恨我。」

阿勒斯泰心不在焉撫平他的黑髮。「可能不再是那樣，你又成為英雄了。」凱爾的爸爸在許多方面來說，都是很偉大的父親，但是說安慰話的功力卻仍有待加強。「無論如何，你只需要再完成一年的學業，況且現在約瑟大師不在了，應該會相當平靜。」

「魔法公會——」

「你用不著去魔法公會，凱爾。」阿勒斯泰說：「而且我認為你不去會比較好，現在艾倫不在了，你是僅存的喚空者。他們會企圖利用你，卻永遠不信任你，你永遠無法擁有正常的魔法師人生。」

凱爾暗自想著，哪有擁有正常人生的魔法師。「那我要做什麼？去唸一般大學？」

「我從來沒唸過大學。」阿勒斯泰說：「我們可以先休息一段時間，去旅行一陣子。我可以教你怎麼做生意，然後找個地方，像是加州之類的，父子一起開店。」他用湯匙戳弄蕃茄湯。「我的意思是，為了躲避教誨院和聯合院，我們得改名換姓，但這樣很值得。」

凱爾不知道該說什麼，想到永遠不用再應付聯合院以及他們對喚空者的看法，也不用理會人們因為「死神敵」君士坦．喚豐的靈魂存留在他身上，而對他投射的憎恨，現在聽起來是非常理想，但是……

「聽著，我有件事得告訴你。」凱爾說：「艾倫沒有真正死去。」

阿勒斯泰關切地眉頭深鎖。

喔喔，艾倫想著，但願他不會嚇瘋了。

「你這是什麼意思？」阿勒斯泰小心翼翼問道。

「我是說，他仍在我的腦海，就好像他活在我的身體裡。」凱爾脫口而出。

你並非真的需要告訴他這件事，艾倫說。這真是好笑，因為他才剛說過他們得告訴塔瑪拉。

阿勒斯泰緩緩地點點頭，凱爾的肩膀放鬆下來。爸爸對這件事的接受度很好，他或許還可以提供一些因應之道。

「這樣看待事情很好。」阿勒斯泰終於開口。「對這一切，你真的處理得很好。我知道，悲傷很沉重，但最好的對策就是，記得你所失去的人和——」

「你沒弄懂。」凱爾打斷他。「艾倫在跟我說話，我聽得見他。」

阿勒斯泰繼續點著頭。「我們失去你的媽媽之後，我有時也會有同樣的感覺。就好像我聽得到瑟拉的聲音在呵斥我，尤其是我讓你在外頭爬，而你趁我不注意拿起泥土來吃的那一次。」

「我吃過泥土？」凱爾問。

「幫助你增強免疫力。」阿勒斯泰略帶防衛意味地回答：「你沒事。」

「可能吧。」凱爾說：「但這不是重點，重點是，艾倫真的真的跟我在一起。」

阿勒斯泰溫柔地把手放在凱爾的肩膀上。「我知道他是。」他說。

聽到這句話，凱爾已經不忍心再說什麼了。

*

在離家前往教誨院就讀最後一個年級的前一晚，凱爾躺在床上無法成眠，望著月光在他的被子上灑下一道白光。他已經替明天前往教誨院的行程，打包好行李袋，裡面放進黃金年級的深紅制服。他記得看到埃力斯·史特賴克身著黃金年級的制服，充滿自信又很酷的樣子和朋友在一起。現在埃力斯死了，凱爾非常高興，埃力斯謀害了艾倫，這是罪有應得。

凱爾，艾倫輕聲低語，不要再想這件事了，你還是得好好撐過明天。

「但是大家都痛恨我。」凱爾說。儘管知道爸爸對此不以為然，但他堅信自己的看法沒錯。他或許在最後戰役和良善的一方並肩作戰，或許拯救了教誨院，但他仍懷有君士坦的墮落靈魂。

小肆發出哀鳴，用鼻子推推凱爾的手，開始試著爬進被窩裡面。當牠還是小狼時，這樣很可愛，現在即使牠已不再是混沌狼，卻仍是發育完全的成狼，這樣十分危險。

艾倫想著，小肆，住手。小肆猛然抬起頭，眨著眼睛。牠聽得到我！艾倫似乎很開心。

「你在幻想。」凱爾說。

凱爾的房門傳來敲擊聲。「凱爾？你在講電話嗎？」阿勒斯泰問。

「沒有！」凱爾大喊：「我只是——在跟小肆說話。」

「好。」阿勒斯泰聽起來半信半疑，但腳步聲還是漸漸走遠。

你有塔瑪拉、小肆，還有我，艾倫說，只要我們團結在一起，一切都會安好。

第二章

凱爾坐在阿勒斯泰一九三七年分的銀色勞斯萊斯「幻影」的前座，再次前往魔法教誨院，途中他想起了四年前的「鍛鐵試煉」。他記得爸爸當時告訴他，只要試煉不及格，就用不著去魔法學校，這可是好事，因為要是他真的去了，可能會死在地底隧道裡。

現在，凱爾知道爸爸當時擔心的其實是，凱爾被發現身上擁有君士坦靈魂的事。爸爸之前擔憂的事，已經都發生了，只除了死在地底隧道這部分。

而這一點，現在也還來得及發生。

你就只會往最壞的方面想嗎？艾倫問，像是大魔王積分系統，我們真的需要好好談談這一點。

「別批判我。」凱爾說。

阿勒斯泰露出奇怪的眼神，望了他一眼。「我沒有在批判你，凱爾倫姆，不過你這趟旅程一直非常安靜。」

凱爾真的不能再出聲回應艾倫。

而艾倫真的不能再到處刺探他的記憶。

「我沒事。」凱爾對爸爸說：「只是有一點緊張。」

「再一年就好。」阿勒斯泰說，車子跟著轉向通往學校山洞的道路。「這樣魔法界就不能說你未受訓練太危險等諸如此類的屁話。再一年，你就可以永遠擺脫魔法師。」

幾分鐘後，凱爾下車，拿起行李袋揹在肩上，小肆也跟著跳下車，嗅聞風中的氣味。一輛巴士讓其他學生下車，他們都是剛從鍛鐵試煉過來的年輕孩子。在凱爾眼中，他們看起來真的好小，他發現自己居然替他們擔心起來。其中幾人緊張地偷偷瞄著他，對他指指點點，交頭接耳。

他不再替他們擔心了，反倒開始希望住在洞穴的那隻怪蜥蜴「地靈」會誘使他們掉進裂縫。

這絕對會讓你贏得一些大魔王積分。艾倫說。

「別再刺探我的腦袋。」凱爾低聲嚷嚷。

阿勒斯泰走過來，跟他擁抱道別，然後拍了一下他的肩膀。凱爾驚訝地發現，他現在已經和爸爸差不多高了。

他聽見周遭的竊竊私語，意識到投注在他和爸爸身上的目光。阿勒斯泰放開他往後退，下巴一緊。「你是好孩子。」他說：「他們配不上你。」

凱爾嘆了一口氣，目送他離去，接著就走進教誨院的洞穴，而小肆踕踕跟在身後。

一切感覺是那麼熟悉又陌生。岩石的氣味隨著他深入地道迷宮而愈發強烈，小蜥蜴急竄的聲音和發亮的苔蘚有熟悉感，其他學生盯著他和捂嘴低語的情景也很熟悉，只是更加令人不愉快。甚至有些大師也是這樣，凱爾在走往寢室途中，見到唐楓大師目瞪口呆看著他，便回敬了一個鬼臉。

他用腕帶輕叩房門，門應聲打開。他走進去，滿心以為沒人在。

但他錯了，塔瑪拉坐在沙發上，已換上黃金年級的制服。

你怎麼會認為她不在？艾倫問他，**這也是她的寢室呀。**

就這麼一次，凱爾沒有出聲回應艾倫。但這只是因為他的耳裡轟然作響，而且一心想著塔瑪拉，想著她看起來真是漂亮，綁成一條厚辮子的秀髮真是閃亮，清楚分明的眉型到一塵不染的制服，她身上的一切似乎都是那麼完美有序。

好詭異哦，艾倫說，**你整個腦袋好像冒煙了似的。凱爾？地球呼叫凱爾？**

他得說些什麼，他知道自己得說些什麼，尤其是她還看著他，像是正等著他開口。

但是他覺得自慚形穢，手足無措，愚蠢透頂。他不知道要怎麼解釋說，雖然他沒有做出完全正確的選擇，但終究一切還是解決了；而且他也不生氣她和賈思珀逃走，拋下他在大魔王基地和約瑟大師、埃力斯在一起。或許如此一來，她可能就不會氣惱他讓艾倫死而復生……

不行，你不能這麼說。艾倫堅定地說。

「為什麼？」凱爾問，然後立刻發現又來了，他又大聲說出口了。他壓抑伸手打嘴的衝動，因為這樣只會讓情況更為糟糕。

塔瑪拉從沙發起身。「為什麼？你就只有這句話要跟我說嗎？」

「不！」凱爾說，接著發現自己還沒想懂應該說什麼。

跟著我唸，艾倫說。「塔瑪拉，我知道妳大有生氣的理由，我也知道自己必須重新贏得妳的信任，但我希望我們有朝一日可以再度成為朋友。」

凱爾深深吸了一口氣。「我知道妳大有生氣的理由。」他說，自覺更加愚蠢了——要是還可能更蠢的話。「我也知道自己必須重新贏得妳的信任，但我希望我們有朝一日可以再度成為朋友。」

塔瑪拉的表情軟化了。「凱爾，我們可以是朋友。」

凱爾真不敢相信剛才的話奏效了。艾倫說話總是很得體，而現在，艾倫在他的腦海，他就可以知道該說什麼！真是太好了。

「好。」因為沒收到其他指示，他只能這麼說著：「很好。」

塔瑪拉彎腰撥弄小肆脖子周圍的鬃毛，逗得狼開心地垂下舌頭。「牠不再是混沌狼，看起來真的很不錯，甚至也沒那麼不一樣了。」

現在跟她說，你很在乎她，你做了一些錯誤的選擇，對此非常抱歉。艾倫對他說。

我才不要說這種話哩！凱爾心中回應。如果我告訴她我在乎她，她一定會嘲笑我。

如果我不再多說什麼，或許這一切就會過去。

艾倫給他的回應只有沉默，惱怒的沉默。

「我很在乎妳。」凱爾說。塔瑪拉突然挺直身子，她和小肆都詫異地看著他。「我做了錯誤的選擇，非常錯誤的選擇，可以說是，有史以來最錯誤的選擇。」

老兄，別太誇張了。艾倫似乎有些驚恐。

「我想要艾倫回來。」凱爾說，他腦海裡的艾倫安靜下來。「妳和艾倫，都是我所擁有過最好的朋友。還有小肆，只是牠不挑人毛病的。」

小肆吠叫了一聲，塔瑪拉的嘴唇抽動了一下，像在努力壓抑笑意。

「我不想逼迫妳。」凱爾說：「妳想花多少時間來確認自己的感受都可以，但我只想讓妳知道，我很抱歉。」

塔瑪拉靜默了好一段時間，然後走過來，在他的臉頰上親了一下。能量嗖地竄過凱爾全身，他努力抗拒伸出雙手抱住她的衝動。

啊……艾倫輕呼。

塔瑪拉抽回身子。「這並不表示我已經完全原諒你，或是我們已經回到從前。」她說：「凱爾，我們不是在交往。」

「我知道。」凱爾說。他沒有指望什麼，胸口卻像被重重打了一擊。

「不過，我們的確是朋友。」她的眼神閃閃發光。「聽著，現在這裡的每一個人都相信你有所不同，但不知道你——你讓艾倫復生的事。他們只知道約瑟大師綁架你，以及你幫忙擊敗他和埃力斯。」

「很好？」凱爾戰戰兢兢。「這似乎……很好？」

「但是，大家現在全知道你擁有死神敵的靈魂了。凱爾，所有人都知道了，我不知道他們要怎樣才能了解到，你並不是他。」

「我可以一整年都留在寢室裡。」凱爾環顧四周。「我可以像我們剛入學時，如佛大師做的那樣，藉由對波隆那肉腸施展魔法來取得食物。」

塔瑪拉搖搖頭。「不行，首先，我們沒有波隆那肉腸。其次，我們要出去面對大家。凱爾，你需要擁有正常的魔法師人生，你必須讓大家知道，你只是你，你不是怪物。」

我可能永遠不會擁有魔法師人生，凱爾心想，**可能就只是這樣**。

他腦海中的艾倫不發一語。凱爾確信，他不該告訴塔瑪拉，爸爸提議他不要去魔法公會，然後兩人一起逃開魔法界的事，他自己對此也還很迷惘。

「好。」他說：「我答應妳，妳想要先做什麼？去廊廳嗎？」

「首先，我有東西要給你。」塔瑪拉的回答出乎他意料。她走回自己的房間，而她的髮辮在身後盪呀盪。出來後，她拿了一個東西——一把刀。是凱爾的匕首，刀柄和刀鞘上裝飾著螺旋圖案，是媽媽打造的刀子。

「彌拉。」他低語，拿回刀子。「塔瑪拉——謝謝妳。」

好了，如果有人在大食堂招惹你，你就可以直接砍掉對方的腦袋。艾倫歡樂地想著。

凱爾嗆到了，但幸運的是，塔瑪拉以為他是情緒激動，她替他拍背，直到他平靜下來。

第三章

走進大食堂，凱爾產生一種可說是似曾相識的感覺。他覺得自己像是來到一個熟悉的地方，只是又不完全對勁。他發現，這是因為面熟的學生那麼少，他認得的學長姐都離開了。他不認識任何鍛鐵年級的學生，也幾乎不認識紅銅和青銅年級，就連他認識的黃金和白銀年級學生，看起來都很不一樣，有些像是開始長鬍子了。

凱爾摸摸臉，他今天早上應該刮鬍子的，塔瑪拉可能會喜歡這樣。

專心。艾倫對他說。

如果艾倫是用自己的身體在這裡，他一定會記得刮鬍子。他會帶著天生的自信和技巧，細細琢磨他的鬍子，大家都會因此讚賞他。

我們很快就會替我找到一個新身體的。艾倫說。

且慢，什麼？凱爾心想。

不過，他還來不及細想，塔瑪拉就把他推向食物。來教誨院的一路上，凱爾胃部沉重糾結，所以沒吃多少東西，但是現在有塔瑪拉在身邊，讓他感覺好多了，也發現自己餓壞了。

他拿了一些綠油油的地衣、幾片大蘑菇切片及一些搭配藍醬的紫色球狀餃子。

拿一些蘿蔔糕，艾倫說，很好吃的。

凱爾從來就不喜歡那些蒼白的蘿蔔糕，因為在他看來，實在太像是用無眼魚做出來的。不過，他還是夾了幾片到餐盤，再拿了一杯茶後，他便跟著塔瑪拉找位子。她找到一張剛好有人離開的桌子，就放下餐盤，然後環顧四周，像是在看誰敢接近。

沒有人過來。很多人看著他們的桌子，竊竊私語，卻沒有人走過來。

「嘿，呃，綺米雅還好嗎？」凱爾為了找話說，終於開口問道。

塔瑪拉翻翻白眼，但令人訝異的是，她卻也滿面笑容。「因為和大魔王埃力斯交往，又加入他的邪惡軍團，所以被勒令在家禁足一整年，不得去魔法公會。」

「哇。」凱爾驚呼。

他抬頭看到三個鍛鐵年級的學生走向他們這一桌，三人都是男孩，其中一人膚色白皙，有著白金色的頭髮；一人膚色黝黑，滿頭鬈髮；另一個孩子長滿雀斑。

「呃，嗨。」白膚孩子說：「我叫艾克索，你真的是死神敵嗎？」

「他不是死神敵！」塔瑪拉說。

「呃。」凱爾說：「我想我是擁有他的靈魂，但我不是他，你們用不著怕我。」

三名鍛鐵生在他開口時，都退後了一步，所以他不知道自己有多少說服力。他們看著他的模樣，彷彿預期他會對他們齜牙咆哮，而此時賈思珀來到他們身後。

「小鬼頭，快走開！」賈思珀大喊，嚇得三人尖叫一聲，便跑回他們原來的位子。

賈思珀開懷大笑。他的髮型比以前更加詭異了，真不知是怎麼辦到的，居然可以刷出蓬亂的刺蝟頭，他還在制服外面套了一件皮夾克。

「這樣無濟於事。」塔瑪拉說：「我們必須對他們傾注諒解的心，而不是把他們當成萬聖節派對中的小孩來嚇跑他們。」

賈思珀對她扮了鬼臉。「我也很高興見到妳！」說完，他就離開了，接著走向瑟莉亞和食物。凱爾的目光忍不住望向瑟莉亞，她少時的閃亮髮夾現在已換成髮帶。以前，她一直是他非常要好的朋友，甚至想跟他約會；現在，她連看都不願看他。

「嗨！」凱爾轉身，見到關妲手中拿著托盤，坐到兩人對面，開始默默吃起來。凱爾驚訝地看著她，她要不是完全自外於學校的八卦圈，就是她什麼都不在乎。

「怎麼了？」她問。

「我可是死神敵。」凱爾對她說，以免她還沒聽說。

她翻了白眼。「我知道，大家都知道。關於埃力斯真是太可惜了，他原本是那麼有魅力。」

「他才沒有魅力呢，而是邪惡。」塔瑪拉說。

「邪惡，對，大家也都知道這一點。」關妲說著，一邊朝大食堂的另一頭招手。「蓋伊、拉菲，坐這裡！」

蓋伊和拉菲站在一個大湯鍋旁，他們對看了一眼，然後聳聳肩，就走過來跟他們同坐。兩人跟凱爾點頭示意，開始吃東西。

「賈思珀和瑟莉亞又復合了。」關妲用叉子比劃。凱爾順著她的目光，看到賈思珀和瑟莉亞已端著餐盤到只有他們兩人的桌子，他們的嘴唇彷彿浮潛員般連在一起，而賈思珀兩隻手探進瑟莉亞的秀髮之中。

「在約瑟大師根據地的那整場戰役過後，瑟莉亞認定賈思珀是英雄。」拉菲說：「一見鍾情。」

「是二見鍾情。」關妲糾正。「因為她之前曾拋棄過他。」

沒多久他們全都開始聊起學校有誰分手、誰又復合，新的大師是些什麼人，廊廳現在放映什麼電影。艾倫在凱爾心中默默聆聽，這種感覺好平常，平常到凱爾開始放鬆下來。

就在這個時候，瑟莉亞抽離賈思珀懷抱，引起凱爾的注意。她的目光冰冷，賈思珀想要拉回她，她卻起身，大步走向凱爾這一桌。

「你！」她厲聲指著他。全場突然安靜下來，就好像大家一直在等待這件事。「你是死神敵，你這**騙子**。」

塔瑪拉立刻跳起來。「瑟莉亞，妳不明白——」

「我當然明白，我什麼都明白！他欺騙了我們每一個人！君士坦．喚豐既狡猾又邪惡，現在凱爾又偷偷溜回來教誨院，而艾倫．史都華卻因為他而**死掉了**！」

不是因為你，艾倫靜靜地想著，**不要聽**。

但是凱爾沒辦法不聽。

「瑟莉亞。」賈思珀出現在她身後，雙手放在她的肩膀。「瑟莉亞，他比較像是『死神友敵』。」

但她甩開他的手。

「要不是因為你，我的親人今天就還活著。」瑟莉亞說：「君士坦殺害了他們，這表示**就是**你殺了他們，就跟你殺了艾倫一樣。」

「我沒有殺艾倫。」凱爾努力擠出話，整張臉發燙，心臟急促。大食堂的每一個人都盯著他。

「等於是你殺的！」瑟莉亞說：「死神敵的混沌軍和他的手下一直在找你，他們一直注意你，你是他們出現在教誨院的唯一理由。」

凱爾悲慘地想不出任何話可以回應。

這不是你的錯，艾倫說。但是艾倫錯了。

「對不起。」凱爾終於開口。「我不記得自己當過凱爾以外的人，但我願意不計一切讓艾倫回來，願意不計一切讓他當初不會送命。」

瑟莉亞看起來像是突然洩了氣。她環視和凱爾同桌的人，看著塔瑪拉。瑟莉亞的眼睛閃爍著奇異的光芒，可能是因為她正在努力眨眼壓抑淚水。

「你是想讓我顯得很壞、很卑鄙。」瑟莉亞說。

「記得妳當時怎麼散播關於艾倫的傳言嗎？」塔瑪拉問：「瑟莉亞，妳並不是完美的。」

瑟莉亞難受得脖子湧現一片赤紅。「凱爾是死神敵，他是狂妄自大的怪物，但我猜只因為他不會跟人家八卦，所以就沒事了。」

「凱爾是好人。」塔瑪拉說：「他是英雄，因為他，死神敵的黨羽瓦解了，約瑟大師死了。」

那個人是我，艾倫說。凱爾差一點驚訝到噗哧大笑，要是他真的這麼做了，全教誨院就會認定瑟莉亞對他的看法沒錯。

「這是騙局。」瑟莉亞說：「即使你們蠢到看不出來，但我知道這是騙局。」說完這句話之後，她就立地轉身，用力踏步離開大食堂。

「我們還在，呃，想辦法解決問題。」賈思珀說完就急急追上她。

凱爾站起來，同樣不想再留在這裡。大家都盯著他，他只想上課，只跟塔瑪拉和儒佛大師相處，他沒辦法繼續裝作一切正常。

大食堂場上響起廣播：「所有門徒即刻前往入口大廳，今天上午課程取消，舉行全體大會。」

凱爾心中一沉，他確定這件事必定跟他有關。

第四章

站在偌大的入口大廳讓凱爾回憶起第一次來到這裡的情景，當時他聽著如佛大師發言，心臟就跟現在一樣劇烈跳動。他想起當時這裡閃爍的雲母地板、流石牆壁、巨大的石筍和低垂的鐘乳石，以及發光閃動、蜿蜒穿過全場的藍河是多麼讓他驚奇。而這裡即使空間廣闊，卻因為藍河流過，還是得小心自己的所在之處。

在那個時候，他一直很擔心無眼魚，以及在隧道裡迷路。現在，這些擔憂似乎屬於不同人。

塔瑪拉牽住他的手，用力捏了捏，讓他嚇了一跳。

這表示她依舊喜歡他嗎？這表示他們終究可以復合嗎？賈思珀就跟瑟莉亞復合了，況且他還是個討厭鬼，所以凱爾或許還是有機會。

瑟莉亞也是個討厭鬼，艾倫傳來想法。對艾倫來說，這倒是很刻薄的發言。她不該**對你說那種話**。

「我以為你喜歡瑟莉亞。」凱爾說。塔瑪拉訝異地看著他，他剛剛是小聲說的，但顯然還不夠小聲。

「我是。」她說：「我以前的確是，但是當她對你說了那些話——我的意思是，她侮辱了我們所有人，我知道她認為我們全是被洗腦的黨羽。」她氣得滿臉通紅。「瑟莉亞大可以去吃無眼魚。」

愈來愈多學生湧進大廳，凱爾只好稍稍更加靠近塔瑪拉，他對此倒是沒有意見。

「『傾注諒解的心』到哪裡去了？」

「我暫且放下它了。」塔瑪拉說：「聽著，瑟莉亞可能會過來，她只是一個非常——」

彷彿敲擊大型銅鑼的聲音響徹全場——凱爾感覺到掛在臂上的彌拉發出共鳴。一陣氣流移動，突然間，如佛大師盤旋在上方俯視大家。除了他之外還有其他大師，熟悉和陌生的老師都有。向北大師凌駕在一端，唐楓大師和奇姬大師在另一端。

凱爾自從戰役過後，就沒見到如佛大師了。那個回憶讓他的脊背竄起一陣戰慄，他是那麼瀕臨死亡，甚至更為瀕臨失去他所在乎的一切。

「各位門徒。」如佛大師隆隆說道，聲音藉由大氣魔法擴大了。「我們把大家召集來此，是因為知道各種傳言和焦慮在你們之間猖獗流竄。現在的確是魔法界極為動盪不安的一個時期，死神敵的黨羽約瑟大師打著君士坦．喚豐的名號，想要摧毀魔法世界。

但是，他落敗了。」這個字詞帶著挑釁意味轟然響起。「我們全都認識因為自私和恐懼，而加入死神敵陣營的那些人。」

場上一片竊竊私語，凱爾發現不少人的目光投向賈思珀，他突然想起一個幾乎已遺忘的記憶，當時賈思珀的爸爸雙手就縛，被聯合院衛隊從戰場拖走的景象。

「現在這些魔法師之中，有許多人已被關進圓形監獄或在聯合院手中。我們對待那些有家族成員正在接受感化的人，要抱持同情心，因為所愛的人令他們失望就已經夠受了。」

賈思珀的臉色緋紅，眼睛直盯著地板。

「我們必須從中學到教訓，就是不能讓恐懼主宰我們。」如佛大師說：「流言、懷疑門徒同學──全是出自於恐懼。但是魔法師心中不容恐懼，正是恐懼死亡才讓君士坦步上這樣的道路。受制於恐懼時，我們會忘記真正的自己，忘記自己有能力做到的良善。」

全場靜默下來。

「你們可能會恐懼我們當中的一些人，只因為不了解他們。」如佛大師說：「但是，凱爾倫姆．亨特是我們的喚空者，他協助結束了這死神敵悲劇傳說的最後篇章。面臨關鍵時刻，他挺身而出，站在法律和秩序、良善和人性的一方。邪惡總是會出現，而總是會被良善擊敗。」如佛大師雙臂交叉在胸前。「請為凱爾倫姆・亨特鼓掌。」

鼓掌聲稀稀落落。塔瑪拉放開凱爾的手來拍手，慢慢地，其他人也開始加入。這不太算是全場喝采，但仍舊有它的意義。當如佛大師和其他魔法師從高棲的位置慢慢落下，掌聲也旋即結束。大師一行人威嚴闊步走出大廳，示意會議結束。

「那麼……現在呢？」凱爾問。其他學生魚貫離開，他刻意落在後頭，不想引起更多的注意。

塔瑪拉聳聳肩。「我們還有時間，我想我們可以回寢室。」

「好。」凱爾帶著複雜的情緒回答。他想要單獨和塔瑪拉在一起，卻也很擔心可能不知要對她說什麼。畢竟，她不氣惱他的唯一理由是因為聽見艾倫教他說的那些話——而要是她喜歡艾倫說的那些話，或許艾倫才是她真正一直喜歡的人。賈思珀就是這麼想，而要是凱爾對自己誠實，那他本人也是這麼想著的。大家都喜歡艾倫更勝於凱爾，她怎麼會不一樣？

她告訴過你，她喜歡你。艾倫說道。這讓凱爾退卻了一下，他不介意艾倫聽見他大部分的想法，卻希望自己對艾倫的看法可以隱藏起來。

哎，你沒辦法的。艾倫說。

凱爾嘆息，他穿過教誨院的走廊，努力專注不再做任何思考。或許他可以再帶小肆出去散步，小肆喜歡散步的。

凱爾在寢室門前揮動腕帶，門滑了開來，他見到如佛大師已在等著他們。大師坐在沙發上，從深富表情的濃密眉毛底下看著凱爾和塔瑪拉。

「歡迎回到教誨院。」他說：「希望你很高興回來這裡。」

「這裡比圓形監獄好多了。」凱爾說：「你的演說很動人。」

「是，那的確是我的想法。」如佛大師說：「我希望你們兩人已準備好進行接下來的課程，你或許已經學會足以通過白銀之門的魔法，卻還沒學會和其他門徒組一樣的魔法，得快一點迎頭趕上。」

凱爾翻翻白眼。「太好了。」

如佛大師不理會這個發言，仍繼續說下去。「如同塔瑪拉知曉的，在黃金年級結業最後，會頒發各種學生獎項，這將有助你們在魔法公會和日後的魔法界大展鴻圖。而如果想贏得獎項，就不能再虛度時光。」

「別開玩笑了。」凱爾說：「不管我在黃金年級怎麼做，都沒辦法不讓人想到死神敵是我的前身。」

「或許吧。」如佛大師說：「但是塔瑪拉呢？」

凱爾內疚地看向塔瑪拉。「她會表現得很好。」他說，希望此事成真。想到塔瑪拉沒拿到她應得的獎項，他的感覺就糟透了。她在鍛鐵試煉表現最為優秀，一切表現都是最棒的。如果她沒有贏，都是因為他，難怪他會需要艾倫來教他要對她說什麼。

「我會努力。」塔瑪拉說，手肘推推凱爾。「我們兩人都會。」

告訴她，你會全力以赴。艾倫說。

「我會竭盡全力。」凱爾說，塔瑪拉和如佛大師都訝異地看著他。

「很高興聽見你這麼說。」如佛大師終於開口，然後起身。「你們兩人都準備好要走了嗎？」

凱爾嚇了一跳，沒想到居然**現在**就要開始上課了。「我想是吧。」他說。

他覺得塔瑪拉看他的眼神有點怪，但等他們走進廊道，她就放慢腳步走在他身邊，甚至還跟他肩碰肩，所以那可能是他多心了。如佛大師昂首闊步走在前方，從大廳返回的大批學生紛紛退避讓道。

他們跟著如佛大師走進一條人群較少的走廊，再走下一段天然石階，來到一個寬闊如大教堂的洞穴。洞穴中央有一池地下水塘閃爍粼粼藍光；凱爾都忘了教誨院是如此怪誕美麗。「妳覺得等一下會怎樣呢？」凱爾低聲問道：「我少上了什麼課？」

「所有課程。」塔瑪拉語氣平和。「嗯，火焰魔法的精進控制學、暴風雨控制學、天氣魔法、冶金術……」

等走到洞穴的卵石地面時，凱爾的左腳已開始劇烈疼痛。他很小的時候，腳骨就裂了，又沒有治療好。動過幾次手術之後，他確定他的腳已經永遠也好不了。其他學生都到了，凱爾認出闕妲、瑟莉亞、拉菲、蓋伊，以及一臉陰沉的賈思珀。奇姬大師也在場，她迅速解說要分成兩組進行，並且指派瑟莉亞和賈思珀為隊長。

「很好。」凱爾對塔瑪拉嘀咕。「現在，永遠不會有人選我了。」

瑟莉亞先選，她挑了拉菲。接著換賈思珀，他在排成一列的學生旁邊前後來回，彷彿戰爭片中檢視制服的軍隊教官。他甚至瞇起一隻眼睛，嘴巴佯裝咬著雪茄，凱爾覺得真是夠了。

「很難抉擇，很難抉擇。」他終於停下腳步，雙手背在身後，開口宣布：「有很多優秀的人選。」

「賈思珀，快一點。」如佛大師說：「這只是練習，不是一生的承諾。」

賈思珀嘆了一口氣，彷彿在說**又誤會了**。「凱爾倫姆・亨特。」他做出選擇。場上出現一陣訝異的低語，就連塔瑪拉也驚呼一聲。凱爾困惑到沒有任何動作，直到塔瑪拉戳了他的背，他才上前加入賈思珀，場上所有目光都盯著他們兩人。

瑟莉亞惱怒地漲紅了臉，賈思珀表情難過地看著她。「她不懂我為什麼選你。」他在凱爾來到他身邊時說道。

「我也不懂。」凱爾說。

「只是為了公平。」賈思珀繼續說：「就想成是回報你在戰場上做出正確決定，以及你拯救的所有性命，現在，我們扯平了。」

凱爾揚起眉毛，最後才被人選上確實令人不快，但這也實在很難以被視為足以報答救命之恩。

「我知道。」賈思珀說：「我用不著這樣，何必如此高尚？我努力克制，但是我的良好情操就是不斷浮現，你用不著明白。」

「沒人明白。」凱爾說，而艾倫大笑。

又換賈思珀挑選了，接下來他迅速接連選了關妲、塔瑪拉和蓋伊，而瑟莉亞選了另兩名叫做瑪琳達和欣蒂的黃金年級學生。

「哇，這一定會很慘。」關妲在小組集合時，興高采烈地說道：「賈思珀，你到底在想什麼？」

「他只是想顯得高尚。」凱爾說。

「這只是因為他想要隊中有人可以襯托他的好。」塔瑪拉說。

賈思珀對她投以深受傷害的眼神，但是沒有反駁她。

「各組聽著。」奇姬大師手中拿了一個籃子，喚回大家的注意力。「我要每個門徒各拿一根金屬棒，然後施法讓它可以找到另一種金屬。教誨院本身蘊藏豐富的金屬，請各自選擇要找尋的金屬種類，在接下來一個小時中，找到最多金屬礦藏的小組獲勝。」

他看向如佛大師，顯然他們的導師等著大家舉手發問，像是：如何對金屬棒施咒。

「祝好運！」奇姬大師說，兩隊成員即刻上前拿工具。

如佛大師搖搖頭，凱爾覺得自己像是已在重要的試驗不及格了。

金屬棒冰冷貼著凱爾的皮膚，棒子也比他預期的還沉重。「好。」他對隊友說：「呃，現在接下來要怎麼做？」

關妲翻翻白眼，把一綹鬈髮塞到耳後。「賈思珀，你看吧！」

凱爾對於關妲願意和他同桌的感激之情，頓時消失得無影無蹤。

「我當時是在牢裡，然後又被綁架了。」凱爾回嘴。「又不是躺在沙灘喝麥啤漂浮。」

「我聽說綁架你的人是塔瑪拉。」蓋伊對塔瑪拉投以好奇的眼神。

「為了我們隊伍著想。」塔瑪拉說：「快些幫幫我們吧。」

「好。」關妲說：「基本上，我們就像運用尋水棒那樣，把它們變成金屬探棒。要探入金屬之中，同時想著希望找到的金屬。這些棒子內部具有其他所有金屬的微粒，因此可讓它們找尋金、銅、鋁或任何金屬。」

「我們最好的辦法就是分派金屬。」塔瑪拉說。這真是聰明的主意。

關妲點點頭。「我負責鎢。」她說：「蓋伊，你找銅；塔瑪拉，妳找黃金，而──」

「我才是隊長。」賈思珀提醒他們。「黃金由我負責，塔瑪拉可以負責銀，其他就這樣，凱爾可以找鋁。」

凱爾甚至不知道鋁是什麼，他只看過爸爸用來包剩菜的鋁箔紙。不過，他也只能同意。「好。」他說，便開始集中精神在手中的金屬棒。他試著把它想成魔法棒，畢竟，儘管魔法師一般是不會像常人世界電視節目所描述的那樣，但是節目裡的人總還是揮舞魔法棒說著「天靈靈地靈靈」。而他現在就要到處揮舞這根棒子，讓它帶領他找到最為無聊的金屬，或許稍後他可以用它來包一份地衣三明治。

凱爾集中精神，努力從手中棒子內部探求像是他從小看到大的鋁箔紙。他專注在閃亮的銀光，直到感覺到共鳴。

你就快辦到了。艾倫鼓勵他。

凱爾感覺到手中的金屬桿子有了動靜，稍稍滾動，然後挺直，幾乎把他拉向前，就好像小肆拖著牽繩扯動他一樣，他也任由金屬棒拉著自己。他聽見其他人在致力找尋各自金屬的途中，不時發出的興奮或失望聲音。此時，凱爾被拉向池邊，他心想金屬棒是不是要把他拖入水裡。因為就他所知，鋁礦是在地下三公尺處。他打了一下哆嗦，結果發現棒子像是要把他帶往一塊大岩石處，這才鬆了一口氣。

他發現自己擠進岩石和岩壁之間的狹窄空間，當他開始出現可笑的幽閉恐懼症時，空間稍稍豁然開朗。他現在來到一個比電話亭略大的空間，可見到上方大教堂般高聳的天花板。凱爾環視周遭，此時棒子已停止扯動，但他並未看到任何像鋁金屬的東西。

小心。艾倫突然發聲。凱爾及時往旁邊閃開，只見一個東西嗖地劃過他的耳際，跌落地面。它閃爍著微光——明顯是一個鋁塊。他盯住它看了許久。「那真的是……」

「凱爾倫姆．亨特。」

這個半嘶啞的粗糙聲音，凱爾記憶深刻。他仰起頭，見到那隻火蜥蜴附著在上方的岩石。地靈嵌著寶石的鱗片在光線下閃動，金紅的眼珠彷如紙風車般轉動。「送你的禮物。」

這鋁塊是地靈扔下的？凱爾彎腰拾起，然後挺直身子，滿腹狐疑看著蜥蜴。

「你為什麼要幫我？」凱爾問。

地靈咯咯笑。「老朋友要團結在一起，對，老朋友的確這樣。」牠昂首撇向一方。

「我沒料到會看到你們兩人。」

我想牠可以感覺到我。艾倫語調聽起來有點緊張。

「凱爾！」關妲擠到他身邊，凱爾差一點嚇得跳起來。「你在做——」她驟然停下話，瞪大眼睛看著地靈。「這是火元素獸嗎？」

「牠叫地靈。」凱爾說：「只是一隻我認識的蜥蜴。」

「真無情。」地靈嘶啞說道：「我們是朋友。」

「而且牠會說話。」關妲十分驚奇。「你怎麼找到牠的？」

「我想妳的意思是牠怎麼找到我的。」凱爾說：「地靈總是隨心所欲想出現時就出現。地靈，怎麼了？你需要幫忙嗎？」

「我是來警告你。」地靈回答。「元素獸的世界有非常多的傳言，我聽到河裡的水元素獸和空中的大氣元素獸，而現在一股威力強大的新勢力即將到來。」

「威力強大的新什麼？」關妲眨眨眼。

「金屬元素獸提到動魔鈍的叫聲。」地靈說。

「但是動魔鈍死了，進入混沌了呀。」凱爾說：「少來了，地靈，你說的完全沒道理。」

地靈發出一聲氣餒的嘶吼。「終曲即至。」

關妲的金屬棒差一點掉下去。「聽起來讓人毛骨悚然。」

「沒事。」凱爾說：「牠總是這麼說。」

「凱爾！」是塔瑪拉，聲音顯得憂慮。「凱爾，你在哪裡？」

「好多朋友哦。」地靈射出舌頭，舔舔一邊眼睛。這是地靈的習慣，但凱爾個人認為，這應該私底下進行比較好。

塔瑪拉出現在這狹窄的空間，眨著眼睛看向關妲，然後是地靈。「嘿，我覺得像是聽到你在跟誰說話，而……」她隱去聲音，可能是因為發現這句話有多麼讓人不舒服，凱爾獨自和別人說話居然會不尋常到引人關切——不過遺憾的是，這可能真沒錯。「怎麼了？」

「沒什麼。」凱爾回答，闕妲卻同一時間說：「你們令人毛骨悚然的蜥蜴朋友給了我們一個令人毛骨悚然的警告。」

塔瑪拉雙臂交叉，嚴厲地看了凱爾一眼。

「牠的確說了什麼動魔鈍的叫聲之類的。」他承認。「但是我告訴牠一定是弄錯了，因為動魔鈍進入混沌了，我們去找尋我爸的那時候，艾倫把牠送入混沌之中了呀。」

我的確辦到了。艾倫聽起來很開心。

凱爾轉身指向地靈，但那隻小元素獸已經不見了。凱爾挫折地雙手一擲。「哦，快過來！地靈？快回來！」

「所以你們就是會遇上這種事？」闕妲質問。「某種詭異的蜥蜴現身，一切突然天翻地覆，然後你們就要對抗巨大元素獸或混沌獸軍團之類的？呃，讓我挑明了說，我可不加入這種事。」

「沒有人要妳幫忙。」凱爾惱怒，拿起他的鋁塊。

不過，事情大概就是這麼發生的。艾倫說。

就在這時候，一陣鈴聲響起。它像是從遠方傳來，接著出現奇姬大師的聲音要他們集合。他們幾乎還沒能好好探查，凱爾真不敢相信訓練時間就已經結束。

「你們有找到東西嗎？」他問。

塔瑪拉搖搖頭。「我想地道裡沒有銀礦。」

關妲略顯洋洋得意。「我在另一個隔間找到了一條鎢礦脈，而且已做出記號。我是在著手找尋第二處時碰見你的。」

他們擠出狹窄空間，發現蓋伊和賈思珀正興奮地在地圖上標示出兩人的發現。凱爾注意到自己是唯一拿出實體金屬的人，他原本希望這是好消息，但當他把鋁塊拿給如佛大師看時，大師卻一臉疑惑審視著鋁塊。

瑪琳達和欣蒂都找到岩壁內嵌的豐富金屬礦，瑟莉亞的隊伍明顯勝出，只是兩位大師都沒有特別誇讚此事。

「你們今天在教誨院找到了這麼多金屬，明天我們要去藏書館了解每一種金屬的特性。」奇姬大師宣布。「以及各種金屬可以提供怎樣的魔法？又如何利用今天找到的金屬來製作武器？我們想了解你們的設計和想法。」

瑟莉亞顯然期待會有獎賞，而不是另一項作業，因此重重嘆了一口氣。

奇姬大師接著說：「我們今天還要做一件事，一件少見的事，但也不是沒有前例可循。我跟如佛大師一直在討論，怎樣對你們的學習最有幫助，於是決定關妲和賈思珀將轉入如佛大師門下，而我來負責在最近戰爭中失去導師的一些孤兒門徒。現在，大家的負擔都有一些過重，這是一個解決的方式。」

更多賈思珀？為什麼整個宇宙都恨我？凱爾心想。

塔瑪拉把雙臂交疊在胸前，凱爾不知道這是什麼意思，但至少她沒有歡天喜地蹦蹦跳跳。

不過，瑟莉亞像是火冒三丈。她一定非常惱怒男朋友要換到另一個門徒組，況且還是死神敵所在的那一組，這顯然無助於改善她和凱爾之間的關係。

「賈思珀一開始就無意隱瞞他想要成為如佛大師的學生。」關妲說：「但為什麼還有我？」

「妳不記得了嗎？」奇姬大師說：「妳曾要求換組。」

關妲剎那間像是噎到了，凱爾突然想起來，很久以前她來到他們的寢室抱怨賈思珀和瑟莉亞卿卿我我；詢問他們能不能說服如佛大師收她為門徒。看來，她並不只找過他們談論。

「但那是青銅年級！而且我那時也絕對不想和賈思珀一起轉組！」闕妲說。這句話真是完美地總結了凱爾的感覺，他不禁認為有她當室友會很有趣。

只是，就算非常喜歡對方，門徒組有了新成員還是很詭異的事。原本一直是他和塔瑪拉和艾倫——而即使塔瑪拉不知情，其實現在仍舊如此。況且，他和塔瑪拉之間還有重要的事情需要解決，當賈思珀隨時都在的情況下，他要怎麼贏回她的心？他們要怎麼找到時間談話？

你要怎麼設法把我的事告訴她？艾倫問，語氣有點異樣，這讓凱爾想到這對艾倫來說，必定覺得被取代了。

「賈思珀和闕妲，你們準備搬到塔瑪拉和凱爾的寢室，所以請收拾好你們的東西，我們會對你們的腕帶重新施咒。」如佛大師說：「今天晚上，我會私下找你們，了解你們的強項和弱項。」

賈思珀點點頭，一臉震驚。他在整個鍛鐵年級都努力想要進入如佛大師的門徒組。如佛大師是最知名的魔法導師，向來慧眼識英雄，可以挑選出做大事的門徒——只是善與惡兩造兼具。他教導過君士坦，但也指導過傑出的聯合院成員和公會魔法師。現在，賈思珀終於得到機會，而凱爾好奇他的想法是否依舊。

「好。」賈思珀慢吞吞回答，彷彿還在努力消化現在的狀況。關妲拉著他去打包行李，瑟莉亞走向奇姬大師，可能是想要抗議。凱爾認為他最好回到寢室，確保小肆能以良好規矩接受這次交換行動。

塔瑪拉走到他身邊。「那麼——」她說：「你對地靈的警告有什麼看法？」當下發生了這麼多事，凱爾完全沒料到她會問這件事，不過塔瑪拉向來很少會分心而忽略重要的事。

「動魔鈍可能真的逃脫出虛空嗎？」凱爾問，但並不指望有答案。

不，艾倫說，**不可能**。

「我不知道。」塔瑪拉說：「但是我們今晚可以去藏書館調查一下，或許還有其他像動魔鈍這樣的元素獸。」

「像是牠的表兄弟？」凱爾問：「妳覺得可能是因為動魔鈍很有名，所以地靈的朋友認錯了？」

塔瑪拉氣惱地看了他一眼。「對啦。」她說：「動魔鈍可是登上了每一本元素獸名人誌。」

艾倫哈哈大笑。**說得真好**。

哦，閉嘴，凱爾心想，接著突然發現一件他差一點沒注意到的事。「我們今晚要去藏書館？」這像不像約會？一起唸書的約會？

塔瑪拉點點頭。「我想我們最好調查看看，確認一下。地靈很討人厭，但是牠向來說的沒錯。」她一隻手放在下巴。「要瀏覽這麼多書，我們需要協助。賈思珀或許可以幫忙，畢竟他現在是我們的新室友。」

凱爾了解到，那麼，這就不是約會了。艾倫在他們穿過洞穴地道的一路上，不斷在他腦海高聲唱著「我拿到一串可愛的椰子」，想要提振他的心情。

第五章

關妲和賈思珀沒花多少時間，就搬好寢室了。關妲喜歡狗，而且讓塔瑪拉和凱爾意外的是，他們兩人都同意去跟如佛大師見面前，先陪他們一起去藏書館。關妲似乎很好奇，而賈思珀則是——呃，凱爾完全不了解賈思珀做事的理由。賈思珀帶著淒苦孤單的表情，目送瑟莉亞和半數的黃金年級學生昂首闊步走向廊廳，然後再挺起胸膛跟著塔瑪拉和凱爾去藏書館。

藏書館是凱爾在教誨院最喜歡的地方之一，不是因為他特別愛看書，而是因為他曾經在這裡和塔瑪拉、艾倫度過許多美好時光。現在，他、塔瑪拉、關妲和賈思珀成群結隊穿過「知識乃自由無拘之物」的銘文底下，找了藏書館中央一張長形木桌坐下。

「好。」塔瑪拉說，準備主持大局。「我們要找以下的書，首先是動魔鈍，調查可有其他跟牠一樣的元素獸？還有混沌，看看有無從混沌返回的事物？我們可知道任何關於混沌領域的事？」

「你不知道嗎？」關妲看著凱爾問：「我的意思是，你可是混沌魔法師啊！」

他搖搖頭。「不，不清楚。我可以把事物傳送到混沌，但不知道另一頭是什麼狀況。」

他們分頭進行，查詢藏書館的不同書區。凱爾最後分到混沌魔法區，他心虛地發現到，這裡有許多他可能早該看過的書，像是關於混沌魔法師的歷史、平衡力的意義、混沌魔法的發現等書籍。在他伸手拿取《靈魂和虛空：初級理論》的書時，艾倫開口說話了。

我需要一個身體，他說，**我不能永遠留在你的腦海裡**。

凱爾頹然靠著書架，早就料到這個狀況一定會出現。儘管能夠在自己腦海裡獨處會讓人鬆了一口氣，不過他還是有點排斥。況且，他也不知道這件事要怎麼完成。「取得身體不是容易的事。」他嘀咕。

或許等有人死掉？

「我們不能使用屍體——上一次你的狀況就是這樣，因為腦部曾經死亡，所以你在裡面變得非常詭異，並且把你的靈魂推回你自身。想像如果是用任意找到的屍體會是怎樣的狀況？」他停頓了一下。「而且不能找小寶寶，這就是我的狀況，你會失去所有記憶，會變成完全不同的人，成為一個真的又小又無助的人。」

我不想變成小寶寶，艾倫語氣驚恐，**而且也絕對不想把小寶寶的靈魂推出去**。

「我們可以去醫院。」凱爾說著，察覺到這整段對話有多麼變態。「去找一個快死掉的人呢？」

難道不會我一跳進他們的身體，也跟著死去？

「要是我們用魔法治療身體呢？」凱爾提議，但知道這建議不切實際，兩人都不是很了解療癒魔法。

那麼我們應該治療好他們，就讓他們活下去。艾倫以討人厭的高尚情操說道。這也告訴了凱爾，這個艾倫是沒問題的。他現在還活著，不是一個可怕的活死人怪物。很大一部分的凱爾想要停止兩人的討論，即使這表示艾倫要永遠住在他的腦海裡。

「如果你不斷駁回我的所有提議，你就會一直卡在這裡。」凱爾提醒他。

從附近的一個書架後頭，他聽見有人在咯咯笑。他環顧四周，擔心被人家看到他在自言自語。不過，他看到的卻是塔瑪拉坐在桌子上，兩隻腳不斷擺盪，而賈思珀就坐在她身邊，顯然說了什麼好笑的事。凱爾瞇起雙眼。

我們會想出別的法子。艾倫語氣絕望。

我們可以殺人，凱爾心想。見到塔瑪拉再次輕笑，賈思珀繼續搔首弄姿，他的眼睛瞇得更細了。**例如說，可以殺掉賈思珀。**

我們才不要殺掉賈思珀，我不想變成殺人兇手。

你殺了約瑟大師，凱爾心想，然後自己也嚇了一跳。他不會對艾倫大聲說出這件事，不想提及在那可怕期間所發生的任何事。但是他似乎沒辦法停止思考。你根本像在捏番茄一樣，掐斷他的頭——

那時的我，並不是我自己，艾倫抗議。凱爾沒有回答，他聽見塔瑪拉再度咯咯笑，也沒有心情去看——他對她又沒有什麼可以主張的權利。如果她想要，大可以和賈思珀約會，即使這個念頭讓凱爾好想一頭撞上鐘乳石。

對艾倫生氣也毫無道理，這又不是艾倫的錯，而是約瑟大師的錯、埃力斯的錯、君士坦的錯，以及凱爾自己的錯。

我猜想從一個身體跳進另一個身體，都是一種謀殺，都會殺害別人的靈魂，艾倫陰沉想著，所以這才會是邪惡，死神敵所做的一切才會都錯了，為了翻轉死亡，結果卻製造了更多死亡。

我想也是。凱爾把《靈魂和虛空：初級理論》帶去長桌，此時，闞妲也已經加入塔瑪拉和賈思珀。他們在談論動魔鈍，塔瑪拉和賈思珀告訴闞妲在阿勒斯泰舊車停車場的那場對戰，尤其是小肆的英勇事蹟。

你記得嗎？凱爾心想，但是在他心中的艾倫已沉默下來。

這不公平。他覺得很不好受，居然傷害了艾倫的感情。但是他沒辦法不去想一些愚蠢和可怕的事，他的心中不斷浮現恐怖的事情，卻無法阻止它們出現。過去，他就不太能克制自己別大聲說出最壞的想法；現在，他怎麼能克制自己不去想它們呢？此時，艾倫已離去躲藏在他的腦海深處，完全不透露訊息。或許艾倫的想法比凱爾要糟，但是凱爾永遠不會知道。

他聽見關妲從放滿書籍的長桌那裡說：「所以凱爾把你們拖到這個巨大的汽車墳場去找他爸爸，然後一隻元素獸攻擊你們，凱爾卻還是沒告訴你們他是死神敵？」

「我想他是難以開口吧。」賈思珀的話讓凱爾大感訝異。「他可能甚至不知道我們會不會相信他，我就不會，當然，我當下會假裝相信，因為我被綁架了，人永遠不該對綁架自己的人說他瘋了。」

「你常常被綁架。」關妲毫不同情地愉快說道。

「的確是，而既然妳提到了。」賈思珀說：「我何必又替凱爾說話，他可是害我老是被綁架的原因。」

「因為你們是超級麻吉嗎？」關妲困惑地說：「你是他的搭檔，哦，是其中一個搭檔。」

「那倒是。」塔瑪拉說：「小肆才是他的主要搭檔。」

「不，不，不，不！」賈思珀顯然驚駭不已。「妳們真的不能這樣看待我，我可是他的敵手！不管是在戰爭中還是愛情裡，我和凱爾總是會正面交鋒，我們輸贏各半！我是他的敵手！」

「如果你想這麼說的話。」關妲說。

儘管種種一切，凱爾還是只能保持笑容。

關妲看了一下手錶。「我們得去找如佛大師了。」她像是鬆了一口氣。「這樣很好，因為這件事有點無聊。真不敢相信只因為一隻蜥蜴的暗示，我們就來這裡。」

「地靈向來說的沒錯。」凱爾指出，不確定是在為自己還是地靈說話。「我們會把這些書帶回寢室翻閱，直到找到線索。」

「你愛怎樣就怎樣吧。」關妲說。她朝著滿臉狐疑的賈思珀做出嗒的一聲。「來吧，別浪費時間了。」

「招喚狗兒才會用嗒。」賈思珀跟著關妲走出去時抗議：「妳不能對我嗒。」

「嗒。」關妲開心地說：「嗒，嗒。」

隨著兩人走出聽力範圍，賈思珀的抗議聲也逐漸隱去。塔瑪拉搖搖頭，開始把書分成兩堆，和凱爾各搬一堆。「或許我們太多疑了。」離開藏書館時，她這麼說：「或許地靈的話其實沒有意義。」

「經歷過這一切之後，不能怪我們多疑。」凱爾說。他希望艾倫願意再度出現在他腦海，告訴他該對塔瑪拉說什麼話。塔瑪拉看起來既疲倦又憂慮，但是艾倫還是頑固地不肯現身。

塔瑪拉低下頭。「我想的確不能。」

她在想什麼？凱爾真想拿頭撞牆，但是他們的寢室已經到了，塔瑪拉用腕帶開門讓兩人進去。他們把書一股腦兒放到桌上，凱爾正想提議去廊廳吃點東西時，塔瑪拉卻拿起《靈魂和虛空》，瞄了一下書底。

「『混沌的相反物是人類的靈魂』。」她低聲唸著，然後用力吞嚥了一下。「凱爾，我——我很抱歉。不是因為我要你別讓艾倫復生——而是我沒有更努力去了解你覺得必須這樣做的原因。大家都說你要為他的死負責，大家對待你的態度都像這全是你的錯。你一定覺得修復一切的唯一方法就是讓他復生。」

凱爾知道誠實可能不是好主意，但是他不知道還能怎麼做，也不知道還能說什麼。「我要艾倫回來，不是因為這樣能讓我感覺好一點。」他說：「我的意思是，對，我有罪惡感，但我也很害怕做這件事。我總是很擔心要是我不隨時看住自己，確認自己沒有變得徹底邪惡，天知道會發生什麼事。但是，艾倫是我的朋友，而且他相信我，我不希望他死去，就是這樣。」

塔瑪拉淚光閃動，彷彿竭力忍住就要流下的淚水。「而我扔下你離開了。」她說：「你一定認為我對你完全不抱持信任，我一回到教誨院就知道我錯了。我一直認為魔法師會拯救我們大家，聯合院會伸出援手，他們全是大人，而我們只是孩子，但是他們只是有缺陷的人，沒辦法修復一切。」

「沒有人可以修復一切。」凱爾說。塔瑪拉的樣子好悲傷，他好想擁抱她，但她會想要這樣嗎？「相信他們，不是妳的錯——」

「我相信你。」她說：「凱爾，你是我的朋友，而且我——」

「我不想只當妳的朋友。」他說。

她瞪大眼睛看著他，像是不敢相信他會這麼說。凱爾全身都感受到心臟在重重跳動，也不敢相信自己真的說出口了。「對不起。」他說：「但實情如此，我喜歡妳，塔瑪拉。事實上，我——」

她踮起腳尖，親吻了他。感覺像是閃電打中凱爾整個身軀，他們第一次親吻的時候，他過於震驚而無法真的有所反應，但這一次，他就像之前想要的那樣，雙手抱住了她。而塔瑪拉的雙手也環住他，這真的太令人驚奇了，而且在他親吻她時，她輕柔撫過他的臉頰，這更加令人驚奇。她聞起來就像玫瑰水，他確定這一定是史上最棒的親吻，如果奧運有親吻比賽，一定會拿到接吻項目的完美十分。

噢！我還在這裡耶！凱爾的腦海裡傳來喊叫，凱爾嚇得放開塔瑪拉。是艾倫，顯然被這一場親吻驚嚇到忘記生氣了。

「凱爾？」塔瑪拉困惑地問道。她看著他，臉上流露出夢幻般的恍惚笑意，這讓他好想再次吻她，但是當她發現艾倫的事，可能會真的發怒。

「哦。」凱爾說，焦急地想找到暫停的理由，找到可以讓他們日後再重新開始的理由。「我想，我們進展太快了，我想我們需要……」老天，凱爾完全腸枯思竭。

停。艾倫說。

「停。」凱爾跟著說。

塔瑪拉對他眨眨眼，像是很受傷。「好吧。」她以細微的聲音說：「但我以為這是你想要的。」

「哦，我真的想！」凱爾的回答可能有點太過熱切。「我真的真的想，只是……」

我想我們應該，呃，先暫緩一下，讓妳確認自己的想法。艾倫說。

凱爾重複了這些話，聽起來不錯，像是體貼又成熟，只是塔瑪拉再次對他投以古怪的眼神。

我們要確信彼此是建立在信任的基礎上。艾倫說。

凱爾也說了這句話，努力流露出堅信的語氣，努力成為信奉這句話的人。塔瑪拉雙手交疊在胸前，瞇起眼睛看著他。

「你的語氣好像艾倫。」她告訴他。

「這是好事，不是嗎？」凱爾問。

「的確了不起。」她說，聽起來卻不像完全同意。「我想我們都以自己的方式思念著他。」她伸手碰觸他的臉頰，暖意貼上他的皮膚。「晚安，凱爾。」

說完之後，她就回去她的房間，留下凱爾一人走回自己的房間，咚地倒在床上。小肆跳了起來，打轉了一下，然後就直接坐到凱爾腳上，但是凱爾已沒力氣在意這種事。

和塔瑪拉進展順利，讓他差一點忘記自己還有另一個秘密，她已經容忍了這麼多，可還會相信他？

凱爾，艾倫說，我們得談談。

我知道你要說什麼，凱爾回答。他望著上方閃爍的雲母天花板，想起他們都在一起，其他事都還無憂無慮的那時候是有多麼美好。我應該直接信任她，我知道我應該，我應該告訴她，但我只想要一切正常進行。

不是這樣，我發現你的腦袋有點狀況，有點——詭異的狀況。

我的腦袋有狀況？凱爾閉上眼睛。一股巨大的疲憊襲來，不管艾倫知道什麼，他就是不想聽。現在別說，他說，就是不要現在。

第六章

凱爾作了夢。在夢中，他是一個成年魔法師，身處於一個陌生的城市。他舉起雙手，黑暗的閃電——混沌的閃電——在兩手之間閃現，他覺得自信確定且力量充沛。這讓他想起混沌流竄全身的感受，只是現在，他知道如何傳送。

這必定是身為君士坦．喚豐的感覺。

他的手指射出黑色火焰，他彷如宙斯，不費吹灰之力，便可以焚毀整個世界。他移動手指操縱毀滅之火，射向企圖逃跑的魔法師。火舌從建築物的屋頂竄出，石製鐘塔陷入熊熊大火。他沒有平衡力，但不重要，什麼都不重要。除了力量之外，什麼都不重要。

*

凱爾坐起身子，大口喘息。髮絲汗水淋漓，貼住了額頭。他花了好幾次的漫長時間，才想起自己是誰，又身在何處——他是在教誨院自己房間的床上。

他踢開被子，希望冷冽的空氣能讓他清醒，讓他遠離那場夢。那真是太恐怖了，卻又有幾分令人驚嘆……

你還好嗎?艾倫像是有點擔心。

沒事的,凱爾說,我的意思是,對,這是一場噩夢,但就是這樣。

那是君士坦,艾倫說,是他的回憶,一定是這樣。

我以前也有過怪異的夢,凱爾說,未必有什麼意義。

真遺憾你以前也作過這樣的夢,艾倫說,我來跟你說說我發現的事好嗎?這樣或許就可以解決當我還在這裡時,怎樣處理……接吻的事。

凱爾嘆氣。「或許乾脆不做就好了。」他悶悶不樂地說。至少,在他的房間裡,他可以大聲和艾倫說話,而不會有人認為他瘋了。「好,說吧。」

你的腦海裡有一處上鎖的地方,艾倫說,我不知道怎麼形容,但在這裡,就像是待在一個有著窗戶的廣大空間。我可以從窗戶往外看,就像是從你的眼睛往外看。有激流和情緒穿過我,你的想法就像是我心裡的文字。但是在我們先前不交談的時候,我就好像撞上了一堵鎖住的門。就在這空間的正中央,有東西上鎖了。

「就像抑制記憶(因壓力或創傷而無意識封鎖的記憶)?」凱爾困惑地問。

我認為那是君士坦的記憶,艾倫說,我認為有人關上它,讓你無法存取。

「為什麼會有人這麼做?」

我不知道，艾倫語氣沮喪，或許當他跳進你的身體時，你只是個小嬰兒，你的心智無法處理這全部的記憶，所以只好關閉起來。

這有點道理。「也或許那些記憶會讓我了解到，我是一個困在嬰兒身體裡的成年人，或許他認為這會讓他發瘋?」

我不知道，但是我想我們應該打開它。

凱爾起身跳下床，儘管知道艾倫看不到他，他還是不斷搖頭。「不，不要!」

為什麼不?

「我和約瑟大師相處的整段期間，以及安娜絲塔西亞·塔昆來到我身邊的每一次，他們只會一直要我快點想起身為君士坦·喚豐的經驗，因為他們認為這些記憶可以，我不知道，大概是覆蓋我本身的記憶吧。萬一這些記憶讓我不再是凱爾呢?」

艾倫靜默了好長一段時間。我認為這就只是記憶而已，就像我在你的腦海裡這種情況。我還是我，即使我聽得到你的想法。

「但是君士坦的靈魂就是我的靈魂，或許那感覺會像是我的記憶。即使不會，要是這些回憶非常糟糕可怕怎麼辦?」他察覺到，他害怕的不僅僅是可能變成君士坦，也害怕面對君士坦所確實做過的一切可怕事蹟。要是凱爾記起每一件醜陋恐怖的事情呢？要是他不得不想起親生媽媽的死亡情形呢？

我可能沒想那麼多，艾倫說，**但只要你想看看那些回憶，我也在這裡，在你的腦海裡。我會盡全力確保你依然會是你自己，好嗎？**

凱爾自覺像是膽小鬼。「我考慮看看。」

現在天色還早，但他知道自己沒辦法再入睡了。所以他起床，拿上毛巾和換洗衣物，前往浴室。小肆躂躂跟了上來。他很快洗了澡，而小肆待在一旁，一下子用舌頭舔破肥皂泡泡，一下子打噴嚏，然後對著泡泡咆哮。

洗完澡後，凱爾返回寢室，卻被賈思珀嚇了一跳。賈思珀打著赤膊，在公用區域伸展四肢。

「你在做什麼？」凱爾想問清楚。

「為即將來到的一天熱身。」賈思珀一副凱爾才奇怪的模樣。「進入施展魔法的適當心靈狀況。」

「哦。」凱爾說：「當然。」

等他帶小肆散步回來，兩個女生也都起床了，關妲在她玉米辮上戴了一頂紫色絲緞帽；而塔瑪拉拿著牙刷打著呵欠，走進浴室。凱爾逐漸體會這個現實狀況，賈思珀和關姐真的成了他的新室友，也是同一門徒組；但是他仍不確定自己的感受。往好處來說，至少他們沒撞見他和塔瑪拉親吻。

凱爾剛替小肆準備好食物，寢室大門便打開，如佛大師走了進來。「各位門徒，我們今天要從科學和魔法的角度，繼續學習金屬的學問。凱爾，你和聯合院成員見過面後，就來加入我們。」

「聽起來不妙。」凱爾說。

「這是非正式的會面，瑞賈飛先生向我保證只會佔用你非常少的上課時間。」如佛大師似乎不是特別在意，這倒是令人安心。而且凱爾認識瑞賈飛先生，或許情況不會太壞。

「我爸爸來了？」塔瑪拉問。

「他要我問候妳。」如佛大師說：「他很遺憾見不到妳，門徒依規定不得接見訪客。」

除非那個門徒是可能兼具大魔王身分的喚空者，那就會有很多訪客。

「凱爾，瑞賈飛先生會在我的辦公室等你。至於其他人，就由我來陪你們去大食堂。」說完話後，大家就離開了，留下凱爾一人。他吃了一些麥片，便前往如佛大師的辦公室。

教誨院有許多地下河流，凱爾走的路就沿著河邊而行，河水因為苔蘚閃動著詭異的藍光。他一路上不斷張望，找尋地靈的蹤跡；甚至還呼喚了幾次小蜥蜴的名字，洞穴迴盪著他的聲音。在短暫的划船行程中，他確信見到了地靈，但到了河的對岸，他認定地靈一定是在躲他。

凱爾來到如佛大師辦公室的門口，他輕叩了一下，裡面便傳來瑞賈飛先生的聲音：「進來。」辦公室和以前沒什麼兩樣，牆壁釘滿同樣的紙張，現在他認得出覆滿紙上的是鍊金術方程式。那張大沙發已經移走了，取而代之的是更多的書架；那張老舊的工作檯改為閃亮透明的材質，凱爾猜測那應該是石英。塔瑪拉的爸爸就坐在如佛大師捲蓋式書桌的後方。

哦，老天，凱爾心想，**是塔瑪拉的爸爸。**而他才吻過塔瑪拉，這就是瑞賈飛先生來這裡的理由嗎？

別這麼荒謬了，艾倫說，**你以為他有心靈感應之類的嗎？**

塔瑪拉說，綺米雅因為和大魔王埃力斯交往而被禁足了，看來瑞賈飛先生已確立不願女兒和大魔王有瓜葛的原則了。

凱爾滑坐進書桌對面的椅子，睜大眼睛。瑞賈飛先生沒有笑意，只是凝視著他。他穿著一套模樣昂貴的黑西裝，手腕戴著厚實的金錶，鬍子修飾完美。

我得說些塔瑪拉的事。凱爾心想。

真的不需要。艾倫語氣有些驚慌。

我必須讓他安心。凱爾抗議。

讓他安心什麼？你的確親吻了塔瑪拉，凱爾，閉上你的嘴。

「我的意圖正直！」凱爾脫口而出。他想要再多說些什麼，但艾倫有如巨大的蜜蜂一般，在他的腦海裡生氣地發出響亮的嗡嗡聲。

瑞賈飛先生眨眨眼。「孩子，這樣很好。很高興聽見你這麼說，儘管你擁有君士坦．喚豐的靈魂，卻還是想過著正直的人生。」

好險。艾倫嘀咕。至少他不再嗡嗡叫了，凱爾在椅子裡不安地挪動了一下。

「那我就單刀直入。」塔瑪拉的爸爸說：「你的母親安娜絲塔西亞．塔昆一直要求見你。」

「她不是我媽媽。」凱爾身上湧現一股憤怒的情緒，消除了他原先的困窘。「她是君士坦．喚豐的媽媽，而我不是他。」

瑞賈飛淡淡一笑。「我喜歡你的信念，我知道我女兒對你評價很高。但話又說回來，我已經開始懷疑我女兒們給予高度評價的人們了。」

或許你應該告訴他，你親了塔瑪拉，艾倫說。他是個混蛋。

他向來如此，凱爾說，你只是一直沒見識到，因為他對你不會這樣。

凱爾立刻後悔透露這樣的想法，但是他不想為了跟艾倫解釋就延長沉默的時間。

「如果你是說埃力斯．史特賴克，我也很高興他死掉了。」凱爾直言不諱。「但我不想見安娜絲塔西亞。」

「她在圓形監獄。」瑞賈飛先生說：「她昨天下午判刑，處以死刑。」

凱爾心中一震，他努力不要顯現出來，雙手卻緊緊抓住了椅子扶手。或許他應該同意見她，但光是想像自己回到圓形監獄，站在魔法玻璃的另一側，就感覺恐怖至極。而且，他對安娜絲塔西亞無話可說，也無法幫助她，更不想佯裝接受她一直稱呼他為君士坦。

他想到艾倫在他腦海裡找到的那些上鎖回憶，或許如果他看過，就會如她所願對她產生一些感情。不過，這卻只是更加強他不去解鎖記憶的決心。

「我非去不可嗎？」凱爾問。

「當然不是。」瑞賈飛先生說。發現凱爾真的說不去，他似乎鬆了一口氣；或許他也不想去圓形監獄。「如果你改變主意，就告訴如佛大師。」

凱爾以為會面結束了，就站起來，但瑞賈飛先生卻仍文風不動。尷尬了片刻，凱爾又坐下。「還有別的事嗎？」

「我有一個提議。你就快要從教誨院畢業了，等完成黃金年級的學業，你就會成為一個真正的魔法師，而且是一個喚空者，力量強大。我想要你進入魔法公會，我會確保你取得最好的安排，替你鋪好道路，使你成為極為重要的魔法師，或許有朝一日還躋身聯合院成員。但是，我們希望你除非獲得聯合院明確的許可，否則不得使用混沌魔法，我們希望你成為我們的喚空者。」

凱爾震驚不已，又不是說他一直為了好玩而到處使用混沌魔法，況且眼前這個瑞賈飛先生可是曾經要艾倫在個人派對表演混沌術。怎麼那樣可以，這樣卻不行？

或許聯合院也會允許你在派對表演混沌術。艾倫出人意料地語帶諷刺。

「你們又怎麼會知道？」凱爾問。

瑞賈飛先生揚起了眉毛。凱爾猜想，這聽起來不像是打算老實遵守規定的人會問的問題。

「嗯，我們會替你選擇一個新的平衡力。」瑞賈飛先生說。

新的平衡力？凱爾訝異這個想法居然在他心中激起如此強烈的反感。艾倫是他最好的朋友，當時他才會願意成為艾倫的平衡力，而艾倫生前也才會當他的平衡力。

我現在依舊是你最好的朋友，艾倫說，**如果你開始認為我死了，可真的會嚇壞我了**。

「要是我不同意呢？」凱爾詢問瑞賈飛先生。

「我們希望你同意。」他說。這是許諾也是威脅。

「我得好好考慮一下。」凱爾回答。

瑞賈飛先生起身，對凱爾伸出手，凱爾也起來和他握手。凱爾再次察覺到自己真的長高了，可以俯視瑞賈飛先生的頭部。

「好好考慮。」瑞賈飛先生說：「光明燦爛的未來在等著你。」

凱爾拖著僵硬的腿走過地道回去的一路上，他都在思考安娜絲塔西亞和聯合院的提議。他也想到阿勒斯泰，想到爸爸承諾黃金年級一結束，他們就去旅行，用新身分到新地方落地生根。

凱爾來到同門成員訓練的地方。塔瑪拉利用金屬塑成一個閃亮的環，金屬環流動耀眼；賈思珀在戳弄金塊；關妲嘗試把一團青銅擺弄成手鐲。如佛大師坐在一塊岩石上，看起來有些心灰意冷。

如果凱爾和阿勒斯泰一走了之，就永遠不會再見到他們；但要是接受聯合院的提議，就可以隨時想見就見，大家還可以一起進入公會。他不會再施展混沌魔法，反正他也不是很想。而且，瑞賈飛先生可能不會因為塔瑪拉和他約會，就把她禁足。

你忘記一件事了。艾倫說。

什麼事？凱爾問。

我。

第七章

在大食堂吃午餐的時候，關妲和塔瑪拉興高采烈聊著天，賈思珀看起來抑鬱消沉，不時望向瑟莉亞的桌子，對方在附近和其他黃金和白銀年級的朋友同桌。凱爾認得其中一些人——文靜的棕髮男孩叫做查理，而把一頭黑髮剪成精靈頭短髮的女孩，他記得是叫潔西。但是其中也有不少人，他完全不認識。他了解到，這可能是因為他有好長一段時間不在教誨院；但也可能因為即使他在，也只是留在他三人小組的舒適圈，而不太注意別人。

有時，賈思珀會對瑟莉亞揮揮手，她也會親切地回應，卻完全無視同桌的其他人。塔瑪拉只是翻翻白眼，除了默默不語的凱爾，大家還是繼續戲謔歡笑。他可以感受到艾倫緊張不安，艾倫向來喜歡這種充滿幽默和情感的一大群人活動。

這就好像成了幽靈，艾倫說，我可以看到一切，卻什麼也做不到，也沒辦法出聲。

「賈思珀，你是怎麼了？」當賈思珀和瑟莉亞再次詭異地互相揮手之後，關妲終於開口問道：「你們兩人到底有沒有在一起？」

「這很複雜。」賈思珀說：「瑟莉亞要我宣布和凱爾斷絕關係，並且針對被分派到如佛大師門徒組一事提出抗議。」

「這太荒謬了。」蓋伊說：「學校有一半學生都愛死當如佛的門徒了。」

「嗯，他看起來的確像是愛死兇手了。」瑟莉亞說。她顯然無意中聽見，狠狠瞪了一眼。

大家全都降低音量。「呃，你當然不能這麼做。」關妲小聲說道。

「對，當然不行。」賈思珀說。

「凱爾是你的朋友。」拉菲說。

「不是這樣。」賈思珀抗議。「而是不能屈服！冬特家族才不會聽人吩咐行事！冬特家族的人是獨立自主的個體！」

凱爾想到賈思珀的爸爸可是完全不獨立自主，他現在被關在圓形監獄，有辱冬特家族的聲名。賈思珀時常抱怨許多瑣事，卻從未提及他爸爸的狀況，但這必定是他心中的一大重擔。

「瑟莉亞不能再一直這麼荒謬了。」塔瑪拉說：「真不敢相信，居然還有人支持她。」

「我得說，學校有一半的人跟她有同樣的感覺。」蓋伊低聲說：「很多人不喜歡也不信任凱爾，其中有些人認為他根本就是穿著黃金年級制服的死神敵。」

「那真正喜歡我的人呢？」凱爾覺得反胃。

「全在這張桌子了。」關妲說。

「才不是這樣！」塔瑪拉抗議。「凱爾，還是有人喜歡你，小肆喜歡你，地靈也是。」

「地靈不喜歡任何人。」凱爾推開他的餐盤。他想到自己前往公會的夢想，那難道不會只是現在的翻版？

蓋伊倏然起身，他的棕色眼睛迎向凱爾，然後悲傷地搖搖頭。「對不起。」說完，就走到瑟莉亞那一桌坐下。

他們全都震驚地目送他離開。拉菲打破沉默：「查理是他的男朋友，而且完全站在瑟莉亞那一方。」他說：「你得諒解，這對蓋伊真的是很難受的事。」

賈思珀臉色陰沉。「戰線已經劃出來。」他說。而就這麼一次，他不是在開玩笑。凱爾幾乎可以想像見到一條發光的細線，區隔了他們這一桌和瑟莉亞那一桌。

凱爾用叉子拖動盤中的地衣，明白自己一定要採取行動，他真希望知道該怎麼做。

*

吃完午餐後，包括黃金年級和鍛鐵年級的學生，都要到校外的樹林間進行訓練課程。高年級學生必須偕同低年級孩子探索教誨院周遭，並且試行一些新學會的魔法。

「別讓他們走太遠。」如佛大師說：「負起照顧年輕魔法師的責任，幫助他們，同時也了解自己的學習進展，對你們大家都有好處。」

「才沒人想跟我一組。」凱爾對塔瑪拉說，然後又覺得有些慚愧。他這些朋友已經不得不面對自己在意的人對凱爾所抱持的敵意了，他用不著再增加抱怨。

塔瑪拉拍拍他的肩膀安慰他。「或許會來個小惡魔。」他怒視她，她則是笑吟吟。

「就是這種精神，你的邪惡小粉絲會喜歡的。」

他不由自主笑了出來。

另一方面的賈思珀，卻因為自己即將受人敬佩，而自我膨脹了起來。「我有很多智慧可以傳授。」他對關妲說：「最重要的是，我要找到配得上我的門徒。」

「我真的覺得他們都不該配上你。」關妲告訴他。他若有所思地點點頭。

「妳說得對極了。」

「哦。」她說：「我知道。」

他們一穿過任務門，凱爾便不禁注意到樹林靜得出奇。林間沒有鳥鳴聲，甚至沒聽到蟋蟀的叫聲。

他看向其他人，發現塔瑪拉和如佛大師也停下腳步。這樣的寂靜確實很詭異，樹林從來不會真的悄然無聲——總是有鳥啼或遠處灌木叢傳來的動物聲音。但是，現在卻什麼也沒有。凱爾正想開口詢問如佛大師時，教誨院的任務門又開了，愈來愈多的門徒隨著各自的導師一一走出。突然間，加入人類閒聊的聲音，就難以聽見樹林的靜寂了。

「我們已替你們分好組。」唐楓大師說，聲音大到讓各門徒安靜下來。「我會先喊黃金年級學生的名字，然後是鍛鐵年級，兩人就結成一組。」

一陣微風吹過樹林，唐楓大師說完話後，除了風呼嘯吹過枝葉外，凱爾完全沒聽見別的聲音，這讓他再次不安。沒有動物的聲音，卻有別的聲音，這聲音在凱爾耳中感覺有種熟悉感。

「唐楓。」如佛大師說：「我想我們應該回去裡面，延後這次練習，等到——」

此時，凱爾想起來了，以前和爸爸去尼加拉瀑布時，他聽過這個聲音。轟隆隆的奔流聲音，彷如空氣碎裂一般。

門徒一陣騷動，但已經來不及採取行動。如佛大師甚至還沒說完話，樹林上空就出現了一隻元素獸。

凱爾聽見塔瑪拉倒抽了一口氣。「飛龍。」

那隻龍體型巨大彎曲，呈現閃亮的黑色，牠有小型膜翼以及一口利牙。龍背上是一個人類騎士，風颯颯吹揚起他身上的長斗篷。

凱爾伸手探向塔瑪拉，她抓住他的手，緊緊握住。他可以感覺到腦海裡的艾倫不敢置信地退縮恐懼。

不可能，那騎士居然是埃力斯。即使樣貌改變，但還是認得出是他。一團漆黑暗輪環繞他的頭部，就好像有人切除了他周遭天空的光線。他的雙眼是閃爍的偌大黑洞，彷佛盈滿星辰。

門徒紛紛放聲尖叫，場上人們開始拔腿跑向教誨院。他們不是全都認識埃力斯，但目睹這個光景，絕對知道這是壞消息。凱爾和塔瑪拉站在原地，不過如佛大師早已上前擋住埃力斯直視的目光。

他早就死了，艾倫像是震驚不已，他被吸進混沌了，絕對是死了。

飛龍張開血盆大口，吐出黑色烈火，燒灼了附近樹梢，樹木燃起熊熊火焰，但是這個燃燒沒有光、沒有熱。凱爾想起他的夢，黑色烈火從他雙手射出。這條龍吐出的是純正的混沌火。

「快，大家快進去！」如佛大師大喊。他示意要學生回去。「塔瑪拉！凱爾！快離開！」各個大師跑動，圍著學生，讓他們成群回到教誨院的任務門。鍛鐵年級紛紛往門口急奔，幾乎互相絆倒。

「慢點！」一名大師呼喊。「跟緊——」

但是太遲了，埃力斯緊貼著龍背，龍呼嘯而下，一把抓起兩名鍛鐵年級的學生。其中一人是艾克索，就是剛到教誨院的第一天便對凱爾表示好奇的那個孩子。他看起來驚恐萬分，卻沒有哭；反倒像是想要狠狠咬下混沌龍的爪子。他旁邊是一個鍛鐵年級的女生，她拳打腳踢努力掙脫，但龍爪緊緊抓住兩個孩子，呼嘯著飛往天空。

埃力斯跨坐龍背，咧嘴暢笑，然後他大喊，聲音轟然傳遍林間。「停下！魔法教誨院所有大師，原地停下！我是埃力斯．史特賴克，是有史以來第一個混沌被噬者，如不聽從我的命令，我將摧毀你們所有人。」

混沌被噬者？凱爾看向如佛大師，但大師專注盯著埃力斯，像是怒火中燒。所有大師都一樣，但知道別無選擇，只能全部停在原處。上方傳來鍛鐵年級孩子的尖叫聲，他們的哭喊隨風細細飄來。

凱爾轉向塔瑪拉，她滿腔怒火，渾身顫抖。

「我們得採取行動。」她說。黑暗火舌往上席捲，吞沒了更多的樹林。火焰，凱爾心想，他以前撲滅過烈火。

當時你差一點死掉，艾倫抗議，現在，沒有平衡力——

埃力斯仍在說話。「首先，釋放安娜絲塔西亞．塔昆，否則我就扔下這兩個小鬼，然後等你們目睹他們燒死後，跟著了結你們所有人。」

場上陣陣私語。安娜絲塔西亞．塔昆？不是所有人都知道她原本是埃力斯的繼母；就連凱爾也很驚訝埃力斯居然這麼關心，特意要救她出獄。

如佛大師上前說話。「你必須給我們時間。」他訴求。「我們必須聯繫圓形監獄。」

埃力斯獰笑，凱爾只能想像他是在享受對昔日導師發號施令的樂趣。「限五分鐘內，把龍捲風電話帶來這裡，否則我就丟下一個小鬼。」

唐楓大師轉身衝進教誨院。

「凱爾和塔瑪拉。」埃力斯的漆黑星目轉向他們兩人。他的臉龐彷彿後方燃燒著明亮黑火的羊皮紙。「好一個美妙的重逢呀！」他仰頭大笑。

「你應該還在混沌虛空的。」凱爾大喊，同時專心從吞沒樹木的混沌火焰周遭抽走空氣。但不管他怎麼抽離空氣，火焰卻不會閃爍擺動。這不像燃燒空氣的尋常火焰，凱爾不知道黑火的助燃物是什麼，但是當他的魔法流向它時，他感受到的不是熱也不是光。如果混沌的相反物是靈魂，那麼他害怕助燃混沌火焰的物質就是這世界本身。

他無法以這種方式撲滅黑火，但身為喚空者，他應該可以控制它。他向混沌烈火傳送力量，集中精神讓火焰停止蔓延。這似乎開始產生作用了，助燃物無以為繼，火焰開始減弱熄滅。

「而你應該永遠不要出生。」埃力斯像是開懷地這麼對他說：「你這個蹩腳的贗品，只是以前那個死神敵的拙劣仿作。」

「他是被噬者。」塔瑪拉對凱爾輕聲說道：「就好像元素獸，你可以控制混沌元素獸，對吧？」

好主意。艾倫心想。

凱爾露出渴望復仇的微笑，如果可以控制埃力斯，他恐怕很難壓抑自己不讓埃力斯出醜和做蠢事——當然，這得先救出那兩名鍛鐵年級學生再說。他再次探出，這一次不是朝向火焰，而是對著埃力斯——

——卻只是撞上一堵像是黏稠無物的牆。他感覺自己的力量被拉向埃力斯，必須以極大的力道才能拉回它。不管埃力斯變成什麼，他已強大到凱爾無法控制。

唐楓大師從任務門匆匆回來，後面跟著向北大師和顯然還未及時離開教誨院的瑞賈飛先生。向北大師帶來了龍捲風電話。

塔瑪拉望向她爸爸，他迅速瞄了她一眼，但沒跟她說話，這可能是正確的做法。最好不要提醒埃力斯他們之間的關係，最好不要讓埃力斯想到新方法來傷害他們當中的人。

「我們真的不能讓步。」向北大師說。此時，他看到高懸在龍爪上的孩子。兩人像是愈來愈恐慌，愈來愈確定自己就要被混沌吞沒。

「暫且讓步。」瑞賈飛先生說畢，就啟動龍捲風電話。

電話另一頭是圓形監獄的守衛，凱爾認出那身制服，不禁打了寒戰。

「我們要你們把安娜絲塔西亞．塔昆帶來，準備釋放她。但是，先把她帶過來這裡，我們得先見到她，確定她被釋放時，安然無恙。」瑞賈飛先生說。

「安娜絲塔西亞．塔昆？」守衛震驚萬分。「是誰授權的？」

「聯合院授權，由我代表。」瑞賈飛先生說。守衛似乎慢慢了解到自己在跟誰通電話，以及這裡背後的混亂狀況。他臉色發白，迅速跑開。

埃力斯騎在龍背，高高在上，露出洋洋得意的微笑。飛龍張開爪子，女孩滑落，她的尖叫聲傳到他們耳中。龍再次抓住，彷彿把她當成球，而牠在玩遊戲。她持續不斷發出尖叫。

「住手！」瑞賈飛先生大喊：「你要的東西我們會給你！只要放回兩個孩子——」

「當然，我會放回他們——只是先燒烤一下。」埃力斯大笑。凱爾突然想到這一直是埃力斯想要變成的模樣，一直是他認為死神敵應有的面貌：這種癲狂、咆哮的恐怖化身。

「孩子是無辜的。」如佛大師說：「他們跟你無冤無仇，衝著我來吧！」

「德魯也是無辜的。」埃力斯大吼。凱爾努力不去指出這句話完全不正確，反正說了也無濟於事。「你們殺害他了，你們所有人，你們是騙子老師！」

「他就要抓狂了。」塔瑪拉低語，臉色蒼白。「我們得採取——」

「她來了！」向北大師呼喊。透過龍捲風電話的旋轉氣流，可以見到安娜絲塔西亞身著圓形監獄犯人的寬鬆牢衣，被兩名結實的守衛帶出監獄大門。她不斷眨著眼睛，但顯然平安無事。

埃力斯咆哮。「放開她！」

守衛站到兩旁，安娜絲塔西亞既震驚又詫異地環視周遭，顯然不明白這是怎麼回事。透過電話，依稀可以聽見她的聲音。「發生什麼事了？你們是誰？」

「放開孩子！」如佛大喊。

埃力斯露出不懷好意的微笑。「嗯，我真的應該嗎？」

「你最好是！」塔瑪拉大叫。「大家都知道安娜絲塔西亞的長相，大家都知道她是叛徒。如果你不去接應她，任何路過的魔法師都可能抓走她，把她丟回監獄，甚至還會發生更慘的狀況！」

埃力斯齜牙咧嘴。所有人都緊張起來，龍的身體一揚，再俯衝而下，張開爪子。兩名鍛鐵生摔了出來，跌向地面，就在撞上之前速度慢了下來。兩人都坐起來，凱爾鬆了一口氣。不過，艾克索握著手臂，凱爾猜想眾位大師並沒有完全接住他。

唐楓大師衝向孩子，埃力斯的飛龍往後仰，噴出一道黑火。「不准跟蹤我。」埃力斯說，伸手一揮。

黑暗從他的手中傾洩而出，凱爾再次想起他的夢境，混沌摧毀了整個城市。

這股黑暗開始形成了一個旋轉的虛空，有如汲取一切的漆黑漏斗。它往教誨院擴展，吸走了樹葉、石子，燒灼了行經的路面。

唐楓大師因為剛才跑去抓住孩子，所以最接近這團黑暗。大師揚起雙手，射出火焰。他帶著堅毅的神情，不斷朝混沌發射火焰——

黑浪往前推進，包圍住他。接著一聲慘叫，他被拖入虛空。

唐楓大師消失了。

人們再次尖叫出聲，轉身跑回教誨院，但是爭先恐後的身體堵住任務門。他們被自己困在外頭，這將是一場大屠殺。

凱爾伸出一隻手，探入自身，**混沌的平衡力是靈魂**。他懂觸靈術，知道怎麼去找尋自己生命力的能量，他不顧一切探取，不理會汲取時逼近的身體疼痛。

使用我！艾倫呼喊，**也可以使用我的能量！**

凱爾只是搖搖頭，來自混沌虛空的狂風吹散了他的頭髮。塔瑪拉拉住他的手臂，努力拉他退後。他稍稍彎曲手指，就像夢中的方式——

虛空開始裂開，有如黑玻璃碎裂成一片片。

但是黑暗包圍了凱爾，他不斷跌落。

第八章

凱爾倏然驚醒，剎那間以為自己迷失在混沌之中，直到聽見熟悉的嗡嗡聲響，聞到教誨院洞穴隱約的礦石氣味。他坐起來，嚇到了莧紅大師。看到自己在醫務室，凱爾鬆了一口氣，又咚地躺回枕頭。

莧紅大師走過來看他，她紅銅色頭髮梳在腦後，她的蛇盤繞在頭部有如巨型髮帶。今天的蛇在凱爾的目光底下，從鮮豔的黃綠，轉為藍色，接著又呈現紫色，不一會兒，蛇鱗浮現紅色條紋。

你差點死掉了。艾倫在他的腦海說。

「哦。」凱爾回答，他記得這件事。記得那個連結混沌的撕裂黑洞，以及他努力汲取自己的靈魂來設法封閉它，

我努力拉住你，但感覺你就要溜走。艾倫繼續說道，語氣既驚慌又生氣。凱爾心想這也難怪，如果自己死了，艾倫也會跟著死掉。

這才不是重點，艾倫開口，但是莧紅大師打斷他。

「你的朋友不顧我的勸告，依舊待在這裡。」她說。

凱爾一度荒謬地以為她說的是艾倫，直到轉身看到塔瑪拉坐在隔壁病床上。她放下剛才在看的解剖書，急急來到他的床邊。

「抱歉。」他說，只是不知道這句話是對她還是艾倫說。「我想我不是很擅長打敗敵人，對吧？」

「別傻了。」塔瑪拉深情地說：「你沒有什麼好抱歉的。」

你不明白，艾倫說，我不會死。如果你的靈魂耗盡，我就會孤單留在這裡。

凱爾猜想，這也是艾倫取得身體的一種方法。

這不好笑。艾倫說。

塔瑪拉坐在他病床邊的椅子上，臉上堆滿笑容。他看到她，有種不可思議的寬慰感。他失去意識時，情況像是很不妙。「妳沒事吧？」他問：「大家都平安嗎？」

「大多是。」塔瑪拉說：「你撕裂埃力斯的混沌龍捲風之後，便暈了過去，我其實就沒怎麼留意其他狀況了。」她臉蛋羞紅。「但基本上，埃力斯趁大家一片尖叫驚呼中逃走了。」她咬了一下嘴唇。「我們也失去了唐楓大師。」

「抱歉。」凱爾又說了一次，知道自己應該早一點採取行動。

「我說過這不是你的錯。」塔瑪拉回到以往的跋扈態度。「只是，我不知道我們要怎麼處理埃力斯。」她繼續說：「你昏倒之後，我設法和爸爸談了一下。他說埃力斯說的沒錯，從來不曾出現過混沌被噬者。喚空者的人數就已經夠少了，而成為被噬者的魔法師也那麼少，當中從來沒有喚空者。我們不知道怎麼阻止他，我們甚至對被噬者的了解也不多。在魔法世界，我們不願承認會發生這種事。」

凱爾想到塔瑪拉的姐姐拉雯，還有如佛大師的導師馬可思大師，兩人都成了被噬者，的確，他們都陰森可怕。不再那麼像人類，也不是元素獸。凱爾永遠不知道他們站在哪一邊，似乎也沒人知道他們還留下多少以前的自我。

只是，無論如何，埃力斯現在的邪惡和令人厭惡的本性，似乎都跟他成為混沌被噬者前一模一樣，只是擁有更大的力量。

「這真是棘手。」凱爾說：「我不知道怎麼阻止他。」

塔瑪拉嘆息。「我也是。」

你不能跟她這麼說，艾倫說，**要說些激勵的話**。

「但我想，我們還是會找到辦法的？」凱爾勉強嘗試了一下。

塔瑪拉皺起眉頭。

說如果我們齊心協力，就會找到打倒埃力斯的辦法，我們向來如此。

凱爾重述了這些話，努力表現出他真心這麼想，表現出艾倫對他們說話的模樣。

塔瑪拉舉起一隻手。「不，絕對不是。你為什麼這樣說話？我認識的凱爾絕對不會這麼說話，我認識的凱爾會說要打包回家，逃到一個遙遠的地方隱姓埋名躲起來。然後，他又會不情不願做出英雄式的舉動。」她深表懷疑的目光凝視著他。「你不太對勁。」

凱爾畏縮了一下，想到爸爸不久前真的提議他們可以逃去遙遠的地方。塔瑪拉真是驚人地了解他，他一定要告訴她實情，不能再拖延了。

「呃。」他開口說道：「艾倫在我的腦海裡。」

「凱爾，別騙我了。」塔瑪拉說：「現在不是時候。」

「我沒有騙妳，也沒開玩笑。」凱爾沙啞低語：「艾倫死的時候，我是說在那場戰役，他的靈魂進入我的身體。而且不是陰陽怪氣的那個艾倫，而是真正的艾倫。艾倫的靈魂還活著，就在我的頭腦裡。」

塔瑪拉張大嘴巴盯著他，顯然在考慮他是否需要好好吃藥。

告訴她說你可以證明。艾倫說。

「我可以證明。」凱爾說：「給我機會。」

她遲疑了好一陣子，終於頷首。

讓我來說，艾倫說，一分鐘就好。

凱爾不是很清楚他的意思，但還是點點頭。塔瑪拉盯著他，絕對注意到他沒來由地點了頭，但是凱爾已經不在乎，他需要有人相信這是真的。來吧。

「塔瑪拉。」他無意這樣說，但話就是直接從他嘴巴說出來。他靜靜坐著，像是在聆聽艾倫說話。他接下來要說什麼？「記得鍛鐵試煉後的第一天晚上嗎？」艾倫說。

塔瑪拉瞪大了眼睛，點點頭。

「凱爾很早就上床睡覺了，我們坐在交誼室，而妳說：『別擔心他在我們的門徒組，他撐不了一星期的。』」

她看住他好一陣子。「你可能早就跟凱爾說過了。」

她一副像是在對艾倫說話一般，這是個好預兆。的確好，但是詭異。凱爾同意艾倫掌控他的身體，但他還是不喜歡這樣。

「好。」艾倫讓凱爾的嘴巴說出來：「那這一件呢？我住在妳家的那個夏天，妳爸爸一直穿著那件滾金邊的白袍到處走來走去，有一天，妳套上那件袍子扮成他，結果被他抓到，還逮到我在大笑。記得嗎？我好怕他會把我趕出去，但他只是默默走開，然後我們全都假裝這件事根本沒發生過。」

「艾倫！」塔瑪拉大喊，雙手抱住凱爾，開始啜泣。「是你，我知道沒有其他人知道那件事。」

「真不敢相信。」凱爾嘀咕。他很享受擁抱塔瑪拉的感覺，卻完全不喜歡艾倫說的事。「你們兩人都想擺脫我！真是太爛了！」

塔瑪拉稍稍抽回身子，眼睛閃動著淚水。「我們克服這件事了。」她說。

凱爾本人還沒感覺到完全克服，倒是很高興她相信他。當她再次看著他時，臉上表情不太一樣，有一種他從未見過的情緒。「凱爾。」她說：「我錯了，你做了一件了不起的事。我不知道你是怎麼辦到的，但你真的讓艾倫復活了。」

「而且，這是好事。」凱爾不知道怎麼駕馭如此重大的對話。「是吧？」

嗯，我想顯然是的。艾倫說。

「我一直在想你第一次來到教誨院時說的話，當時你才剛得知魔法世界。你說不明白『死神敵』怎麼會是讓人害怕的名字，記得你怎麼說的嗎？**誰想成為死神的朋友？**」

凱爾搖搖頭，不記得自己說過這種話。

「我後來想了很久。」塔瑪拉對他說：「希望不再有死亡這件事哪有什麼錯？我們都希望這樣，那不是君士坦的錯，讓艾倫復生真的是太好、太棒了，真是了不起。凱爾，你辦到了從來沒人能做到的事。」

「嗯，但是有兩個問題。」凱爾指出，儘管他很不願意放棄她的好評價。「首先，艾倫會被拉入我的腦海多少是因為他試著不讓我被混沌摧毀，我不知道我們能不能再次做到這樣的事。然後，呃，再來是，我們得替艾倫找個身體。」

她的眼睛稍稍瞪大了一些。「哦，沒錯。」

他們還來不及討論到竊取身體這件事的道德本質，莧紅大師就回來了，身邊跟著一個凱爾看過但不知道名字的聯合院成員。莧紅大師的蛇轉換成好鬥的橘色，蛇頭盤旋在大師一邊肩膀上方，彷彿想要攻擊新訪客。

「凱爾倫姆。」莧紅大師說：「聯合院的重要成員不願接受我的勸告，他們來到教誨院，急切想要找你和你的一些朋友開會。你或許以為他們會再稍稍有一些耐性，結果就會發現他們很不擅長等待。」

她身旁的聯合院成員表情愈來愈不悅，卻沒有上當反擊。「很抱歉。」他說：「但這是緊急事件，埃力斯・史特賴克對我們提出要求，內容與你們兩位有關。」

*

和聯合院的會議是在那個當中有大圓桌的大石室裡舉行，凱爾以前也曾在這裡坐在他們面前——最值得一提的一次是，他拿出裝有君士坦首級的袋子給他們。那次真的是大轟動，至少凱爾是這麼想。

他和塔瑪拉到場之後，驚訝地發現賈思珀也在場。賈思珀壓低聲音和其中一名成員說話，凱爾接近後聽見兩人提到了賈思珀的爸爸。如果安娜絲塔西亞被處以極刑，那同樣關進圓形監獄的賈思珀爸爸，會受到怎樣的刑罰？不可能真的有大麻煩吧，凱爾試著讓自己安心，否則賈思珀一定會告訴他們的。但是，看到場上魔法師毫無笑意的表情，他竄起一陣寒意。

「安靜，安靜。」凱爾和塔瑪拉入座後，一個尖銳的聲音劃破場上的嘈雜聲。如佛大師到他們對面坐下，雙臂交疊，還有一些教誨院的老師也跟著他一同前來。「安靜，會議開始。」聯合院主席葛雷夫高喊，他年歲已大，脾氣暴躁，是聯合院的資深成員之一。「我們有正事要討論。」

大家都安靜下來，凱爾想要引起賈思珀的注意，但對方只是盯著自己交疊的雙手。

「我們今日遭遇重大的損失。」向北大師說：「無私奉獻一生給魔法師同伴的唐楓大師，今天過世了。」

「不是過世這麼簡單。」奇姬大師紅了雙眼說道：「他是被吸進混沌，沒有人知道他的靈魂會遊蕩在何處。」

「他拯救了兩名學生。」如佛大師指出：「他會被視為英雄受到大家懷念，正如同我們也應該認定凱爾是英雄。」他看了葛雷夫一眼後，接著說：「要不是我們的喚空者，埃力斯．史特賴克可能已經如願殺害了更多無辜人士。」

「而這個埃力斯．史特賴克正是這次會議召開的原因。」葛雷夫說。他拿起身前石桌上的一張紙，一臉嫌惡看著它。「我手中是他的要求清單，據報有人目睹他出現在圓形監獄，『拯救』安娜絲塔西亞．塔昆免於她非常罪有應得的刑罰，之後我們就接到這封信。」

「他送信來？」塔瑪拉低語：「是誰送來的？」

「什麼樣的要求？」向北大師厲聲問道，其他人紛紛交頭接耳。

「我們沒有理由要屈服他的任何要求！」泰助大師說：「他不再握有人質，我們不該配合。」

「就某種意義來說，我們全都是他的人質。」如佛說：「沒人了解混沌被噬者的本領。」

「他有辦法焚燒森林。」塔瑪拉說：「有辦法製造唯有凱爾能解除的混沌黑洞，而且凱爾為了這件事還差一點送命。」

聯合院主席葛雷夫的目光順著他的長鼻子看著她。「塔瑪拉．瑞賈飛。」他說：「我猜想妳會想聽聽這份要求清單，因為上面還特別提到妳，還是妳寧可喋喋不休？」

凱爾在桌下抓住塔瑪拉的手，免得她跳上桌子，給葛雷夫一拳。葛雷夫清清喉嚨，然後在鼻子上架起眼鏡，開始大聲唸出來。

致教誨院的魔法師：

現下，你們已經知道，我，埃力斯．史特賴克已經成為混沌被噬者。我即混沌，混沌即是我。我可以隨時隨心所欲在地球上施展出毀滅性的混沌力量，我可以焚毀城市、蒸發海洋，我可以摧毀整個世界。

你們只有一個機會，就是按照我的吩咐行事。如果魔法師立刻聽從我的指示，替我建造堡壘，我就會考慮和教誨院停戰。我附上草圖，它要以大理石和花崗石打造，我要它矗立在教誨院附近，如此一來，所有門徒只要一走出洞穴，就會看見它。我還要它具備一間大型視聽室，還要有陽臺，必須比君士坦．喚豐任何堡壘都要宏偉。

這個堡壘一完成，我就會立刻進駐，然後你們再送來我要的更多東西。把凱爾倫姆．亨特、塔瑪拉．瑞賈飛和賈思珀．冬特交出來，並且束縛他們，讓他們無法施展魔法。塞住他們的嘴巴，尤其是凱爾。最後，再把綺米雅．瑞賈飛送上來，不同的是，她將會心甘情願過來。

埃力斯．史特賴克

「這太荒謬了！」葛雷夫一唸完，泰助大師立刻起身，怒拍石桌。「內容不可能如此，這聽起來就像任性孩子的手筆！全都不是合理的要求。他要我們替他打造宅邸？給他——什麼？他的敵人，好讓他懲罰？還有一個女孩？他是想扮演寓言故事裡的惡棍嗎？」

「他相信小女綺米雅愛著他。」瑞賈飛先生說：「小女是個傻女孩，她為自己的一時糊塗深感羞愧，絕對不會想再跟他復合。」

葛雷夫對他投以懷疑的眼神，但沒有多說什麼。

「我見到了埃力斯。」瑞賈飛先生繼續說：「看起來完全不像我記得的那個男孩，他披著一件大斗篷，似乎以驚嚇我們為樂。他這一切要求或許看似荒謬，但是他的確擁有力量，又有幼稚的欲望。對我來說，正是這樣，才更讓人懼怕。成熟的心靈是有理性的，孩子的心靈卻反覆無常。」

場上一片靜默。

「而且還是混沌被噬者。」過了一會兒，葛雷夫開口：「我們對此毫無經驗，是不是？」

「的確如此。」過了好一陣子，他說：「凱爾倫姆，身為喚空者，你可有所了解？」

凱爾清清喉嚨，開始覺得恐慌。他從來就不擅長這種場合，老是說錯話。

你也一樣什麼都不了解，艾倫告訴他，對他們這麼說就好。

「我認識一隻蜥蜴。」凱爾說。

他聽見艾倫在他腦海發出呻吟，但凱爾還是執意說完。「牠警告過我，有其他的東西出現——其他曾經被送入混沌的東西。所以我想我知道的只是，或許埃力斯把混沌元素獸一起帶回來了？或許那隻龍就是。」

葛雷夫像是不為所動，只說：「你自己可以成為混沌被噬者嗎？」

「什麼？」凱爾脫口而出。

葛雷夫調整一下眼鏡。「如果你在沒有平衡力的情況下，施展能力，很可能會深陷其中，讓自己成為被噬者。你會成為混沌生物，不能算是人類，但或許就有能力擊敗埃力斯，這是非常英雄式的舉動。」

凱爾只是瞪著他，不敢相信葛雷夫真的提出這樣的建議，但這時候他又想起艾倫早就體會的事，就是他們親切對待他，只是為了有朝一日要求他為他們犧牲性命。現在，凱爾是這裡唯一的喚空者。但聯合院很不走運，凱爾向來不是很擅長感恩圖報。

你當時認為我很好騙，現在你覺得呢？艾倫問。

「不！」凱爾這才發現，沒想到他居然這麼直截了當回答了葛雷夫。

「凱爾說得對，他不會這麼做，這與自殺無異。」如佛大師打斷任何可能的反駁。「凱爾、賈思珀、塔瑪拉，我要你們了解現在的狀況，因為對你們透露埃力斯要求交出你們是有風險的，不是在座的每一個人都同意這樣的風險。」他怒視葛雷夫，葛雷夫也不甘示弱回瞪。「現在，你們知道埃力斯的要求，知道他對你們造成的直接危險，你們可能大有正當理由不想涉入其中。埃力斯認定我們會擔心你們逃走，所以絕對不會透露他要求把你們做為俘虜，但是我信任你們。我相信你們不會逃離，因為這樣會造成無辜人士的死亡毀滅。」

「我們無意把你們交給埃力斯，但是我建議我們可以開始建造他的堡壘，因為這樣可以讓他以為我們會配合，以便爭取更多時間。凱爾，你是我們唯一的喚空者，你需要利用這段時間，探索內在的自己，找到你的力量，找出擊敗埃力斯的方法。」

大家都盯著凱爾。

說你會盡力而為。艾倫告訴他。

「如果我必須憑一己之力進行此事。」凱爾語氣生硬。「如果即使我還只是學生，就得找出擊敗埃力斯的方法。那麼，我對你們也有所要求。不管我做什麼，不管我的朋友認定需要採取怎樣的行動，才能消滅混沌被噬者，我都不希望你們加以阻撓。我要求你們協助我們，不要再把我當成敵人、當成死神敵，你們明白嗎？」

全場鴉雀無聲，如佛大師的神情高深莫測。凱爾在想自己是不是太放肆了。

葛雷夫取下鼻梁上的眼鏡，瞇眼打量坐在位子上的凱爾。「亨特先生，我們了解。」他說：「我們非常了解。」

「好。」凱爾說完便站起來。讓他寬慰的是，塔瑪拉和賈思珀也同時起身，顯然準備跟隨他的腳步。「那麼，我會盡力而為。」

第九章

等凱爾一路走回他們的寢室後，先前勃發的無畏無懼已經蕩然無存。關妲焦急地在寢室等候，她焦慮的臉蛋上有一種異樣的神情，趕走了凱爾僅存的氣力。他跌坐沙發，整顆頭埋在雙手之間。

「我辦不到。」他說：「我做不到。」

塔瑪拉爬上他身旁的沙發，握住他的手。凱爾發覺賈思珀注意到這個舉動，但他不在乎，在這個關頭上，賈思珀或任何人懷疑他和塔瑪拉的關係有什麼要緊？

「我們會幫你的。」塔瑪拉說。他很高興她沒說一定會順利的，塔瑪拉太聰明才不會這麼說。她知道那種承諾毫無意義；她只會許諾她做得到的事。「你並不孤單。」她抬起頭。「是吧，賈思珀？」

他點點頭。「對，當然。」

而且，我也在這裡呀，艾倫說，還記得換成我坐在這張沙發的那一次嗎？記得我扔開鞋子，因為我知道，成為喚空者意味著我就得為教誨院而死嗎？

記得，凱爾回答。

「我也會幫忙。」關妲說，然後停了一下。「等等，我剛才答應幫的忙是什麼？」

賈思珀迅速告訴她會議的事，還有埃力斯傳來的訊息。

「你是說，你們必須想出擊敗混沌被噬者的方法？」關妲語氣充滿懷疑。「等等，既然我剛才答應幫忙了，那麼就是我們必須想出擊敗混沌被噬者的方法。真讓人難以置信，塔瑪拉和賈思珀，我老是不懂你們怎麼會捲入這些事，現在我明白了。」

「說真的，我們怎麼扯進這些事？」賈思珀說：「有誰想捲入這種事？」

「如果你不想，就不必加入。」凱爾說。

「別胡扯了，我當然要加入。」賈思珀說：「但你提到重點了，我是說，我的確不想捲入。現在，我們首先要採取什麼行動？」

「你認為埃力斯可有盟友？」關妲坐到桌上說：「我想，應該有安娜絲塔西亞。」

「不像約瑟大師那樣。」凱爾說：「埃力斯不是死神敵，他不在乎終結死亡和悲傷，他在乎的只有力量，所以追隨君士坦的一黨人可能不會追隨埃力斯。」

「那隻龍是怎麼回事？」關妲問：「牠原本必定是混沌元素獸，但實在好巨大。那是動魔鈍嗎？你們覺得這是不是就是地靈警告我們的事？」

「動魔鈍是不同的巨大元素獸，但既然埃力斯回來了，天知道還有什麼跟著他一起回來？」塔瑪拉說：「我們必須假設就算他沒有追隨者，他還是可以控制足夠的怪獸，有可能直接進攻。」

「沒有人知道怎麼阻止混沌被噬者。」凱爾說：「我的意思是，我甚至不太了解被噬者，魔法師似乎不太喜歡談論他們。」

塔瑪拉嘆息。「對，當拉雯成了被噬者之後，我的家人就當她死了，認為這樣子比較好。但是，當我需要拉雯幫忙，她就在那裡支持我，依舊把我當成妹妹。」

「她是……人類嗎？」關姐語氣有點不自在。

塔瑪拉搖搖頭。「就這件事來說，她是不是人類不重要。」

凱爾最後一次近距離看到拉雯時，她是令人畏懼的火柱，帶領他和賈思珀離開圓形監獄。而上一次他遠遠見到她時，她化身一道火羽，幫助塔瑪拉和賈思珀逃離約瑟大師。

別忘記還有戰場，艾倫說，她也在那裡。

「埃力斯似乎跟原本的他一樣混蛋。」凱爾說：「但是拉雯——慢著，妳還是可以聯絡到她嗎？」

「什麼意思？」塔瑪拉問。

「我們可以詢問拉雯身為被噬者的事。」凱爾說：「詢問被噬者的力量和弱點，或許她能夠幫忙我們找出擊敗埃力斯的方法。」

「魔法師還在找她。」賈思珀說：「他們不喜歡放任被噬者在外遊走，如果他們抓到她，她就會被帶回教誨院，再次囚禁她。」

「我們不要讓她被抓到。」凱爾說。他看著塔瑪拉，希望自己展現出充滿希望的無辜態度。

她嘆氣。「對，我可以聯絡到她。但賈思珀說得對，回覆訊息對她來說很冒險，所以她可能不會嘗試。」

「反正現在任何事都希望不大。」凱爾說。

「而同時，我們應該試著再去找到地靈。」闕妲說：「我敢說牠知道的事遠比牠透露的多。」

「牠向來都是知道的比透露的多。」凱爾承認。

「嗯。」賈思珀說：「該是要牠好好說清楚的時候了。我們得審問那隻蜥蜴，去弄個強光，把牠綁在椅子上，告訴牠要是不把知道的事全部說出來，就等著跟無眼魚一起睡覺吧。」

塔瑪拉揚起眉毛。「牠總是跟無眼魚一起睡覺的。」她說：「至少在牠沒吃掉牠們的時候。」

「我們可以用食物引誘牠。」關妲說：「你們覺得牠喜歡吃什麼？」

他們對此爭論了好一陣子，結果的做法是使用魔法，並且前往大食堂，再加上一張網子，以及翻找自己的雜物抽屜。最後出現的成果是：他們認為必定可以吸引地靈的一盤誘餌。盤子裡放了洞穴蟋蟀、無眼魚、寶石、煤塊和吃起來像棉花糖的地衣。

他們四人，連同尾隨其後的小肆，穿過洞穴各區域大喊：「地靈！」最後再把盤子放下來等候。

毫無動靜，賈思珀開始吹口哨，而關妲開始和塔瑪拉玩井字遊戲。

「終曲……！」凱爾大聲說道，希望那隻小蜥蜴會忍不住發聲接完牠最喜歡的句子。

「什麼？」關妲說，接著驚呼一聲。只見地靈嗖地衝出陰影，直奔盤子，大啖一隻蟋蟀。

「太好吃了。」地靈說：「真感謝你們親切提供食物。」

「地靈。」凱爾說：「我們需要你的幫忙。」

「地靈猜得到。」地靈說。牠丟掉地衣，又吃了更多隻蟋蟀。「你們見到了混沌被噬者，對吧？知道地靈為什麼警告你們了吧。」

「是，我們知道。」凱爾說。

「只是，我們會很感激你未來提供的是更為具體的警告，懂嗎？」賈思珀完全沒辦法抓住地靈來審問牠。「少一點這樣的拐彎抹角，直接說出你的意思。」

蜥蜴對他投以威嚇的目光，然後吃完最後一隻蟋蟀。「跟著地靈，我有東西要給你們看。」

「牠總是以第三人稱自稱嗎？」關妲在大家跟隨地靈進入廊道時輕聲問道。

「不一定。」凱爾說：「牠的自稱不一致。」

關妲嘀咕說真不敢相信他們在做這種事。現在時候不早了，廊道只有陰暗的微光。當他們急急跟在這隻明亮的蜥蜴後頭時，完全沒碰到其他學生。地靈倏忽東彎倏忽西拐，他們很快全迷路了。地面逐漸往下，岩壁愈來愈多潮濕污痕，凱爾感覺到同伴的不安情緒逐漸升高，彷彿可以感受到上頭整座山的重量，一直往下壓。

他們最後來到一個簡直像是岩壁裂縫的通道，非常狹窄。地靈竄了進去，顯然希望他們大家跟上去。小肆進不去，苦惱地在入口處徘徊。

凱爾望向塔瑪拉，她用力吞嚥了一下，就跟著蜥蜴滑進這個狹小空間。他們得側身才能前進，岩石壓迫著他們的腹背。凱爾聽見賈思珀抱怨說晚餐時應該少吃一點地衣。**拜託，千萬別讓我卡死在這裡，**凱爾祈禱，我會竭盡全力來擊敗埃力斯。

凱爾聽見塔瑪拉放心地吐了一口氣，不一會兒，他就像軟木塞彈出瓶子一般，迸出這狹窄空間。

他們周遭的岩壁全是硬化的火山岩，黝黑嶙峋，熱度逼人。賈思珀和關妲進來後，大口喘息。遠處傳來火焰燃燒的聲音，彷彿打雷一般劈啪作響。

「這是哪裡？」賈思珀環顧四周。一條較寬的走廊穿過兩排牢房，山洞的柵欄由雕刻著火焰符號的閃亮黃金製成。凱爾來過這裡，不過當時他是從安娜絲塔西亞的辦公室進來的。

「這就是他們監禁被噬者的地方。」塔瑪拉輕聲說：「那些被元素吞噬的人，這裡是火區。」

「地靈？」凱爾說：「地靈，你在做什麼？我們進來這裡做什麼？」

「這裡有一條通往各地的秘密通道。」地靈說：「這裡有人想見你們。」

牠開始竄向走廊，四名學生過一會兒也跟了上去。這裡好熱，凱爾感覺每一次呼吸就好像他的肺跟著燒灼起來，塔瑪拉和其他兩人看起來也很悽慘。他很高興小肆沒跟來，一身毛皮可是這裡最不需要的東西了。

大部分的牢房都充斥著像是熊熊燃燒的營火；有些是藍色或青色，而大部分是金紅色。在一個牢房中，熔岩彷彿驟雨般不斷從天花板落下，而一輪火圈凌空旋轉。

塔瑪拉停在一間空牢房前，裡面全是焦黑的岩石。她碰觸柵欄，雙唇顫抖地說：「拉雯。」

「妳的姐姐自由了。」這聲音彷如火焰劈啪響起，凱爾立刻知道這是誰了。所有學生都轉向對面的牢房。

火焰被噬者馬可思坐在個人牢房中的一張燃燒寶座上，一身黑煙，只有兩顆眼睛燃燒著烈火。他原本是如佛大師的導師，直到任由火元素控制了他。

地靈吱的一聲跑進馬可思的牢房，再跳上冒煙的大腿。牠棲息在馬可思的膝上，讓被噬者搔弄牠的鱗背。地靈半合著眼睛，發出咕嚕咕嚕的聲音。凱爾見識過許多怪事，但必須承認這是最為詭異的情景之一。

「哇。」關妲輕呼。

凱爾私心認同她。他上前走到牢房的柵欄前，在不會被燒傷的情況下盡可能靠近。

「馬可思，我們需要你的幫忙。」他說：「你以前幫助過我們。」

「這對我有什麼好處？」馬可思詢問：「我還在這裡，困在這牢籠裡。」

「你對世界行善。」塔瑪拉堅定地說：「協助我們擊敗約瑟大師。」

「而現在，他的門徒崛起，比過去的他更加強大。」馬可思說：「如佛的門生呀，或許根本沒有勝利的可能。」

「他其實最近才剛成為我的導師。」賈思珀說：「只是鄭重聲明一下。」

「馬可思。」凱爾堅定地說：「你對埃力斯．史特賴克有什麼了解？就是那個混沌被噬者？」

「我聽傳言說過，有這樣的生物出現了。」馬可思說：「剛開始，我並不相信。要成為混沌被噬者，就要被虛空征服。那是個不存在的地方，旋風中心的空無地帶。」

「嗯，請相信吧。」塔瑪拉說：「動魔鈍回來了嗎？」

「很多回來了。」馬可思說：「那個被噬者被送進混沌，但是他有能力撕開通往我們世界的門，於是回歸了。他帶回了他認為可以成為助力的巨獸，像巨龍阿茲達哈、動魔鈍，以及被拋進虛空中最為凶殘的混沌獸，全都來到他的陣中。」

「那史丹力呢？」賈思珀問。

「這個史丹力是誰？」闕姐問，就連馬可思也一臉困惑。

凱爾嘆氣。「是一個對君士坦忠心耿耿的人形混沌獸，也就是我，隨便啦。我想史丹力也不是他的真正名字，我只是這麼叫他。」

「史丹力？」關妲說。

「別理會了。」塔瑪拉說：「馬可思，我們需要知道怎麼殺死混沌被噬者。」

「是，你們需要。」馬可思說。

凱爾十分沮喪，又汗水淋漓。「你為什麼想要見我們？地靈說你派牠帶我們到這裡。」

蜥蜴聽見自己的名字，馬上竄到馬可思的肩膀，開始像貓咪那樣按揉，又往灼熱的空氣中彈舌。凱爾猜想，他們比他以為的還親密。

「找地靈的可是你們。」馬可思提醒他們。「我要牠把你們帶來是因為如佛，要是我沒成為被噬者，如佛可能就比較不會疏忽，比較不會想讓約瑟大師接近君士坦。死神敵的事，我們全都有責任；而我想藉由協助擊敗這個新威脅，來卸下這個心理負擔。」

「太好了。」凱爾說：「那麼就幫助我，幫忙我們！」

馬可思用燃燒的雙眼看著他。「你所需要的一切，已經與你同在。」

他指的是我嗎？艾倫問。

「這沒有幫助！」凱爾說：「就這麼一次，明白說出你的意思，別再說謎語了！」

「各位魔法師，祝好運。」馬可思說畢，便轟然燃燒成了一道火柱。火花熄滅之後，就只剩下地靈，牠背上的寶石顯得比往常更為閃亮。

「我現在帶你們回去。」小蜥蜴說。牠沒等待回答就往前衝，不管大家跌跌撞撞跟在後頭。

「那是馬可思大師。」闕妲跟上來時說道：「真不敢相信你們認識他，真不敢相信我們剛才跟他說了話，他是個傳奇，一個恐怖駭人的傳奇。」

「沒錯。」賈思珀的臉色略顯蒼白。「我們真的太酷了。」

凱爾手忙腳亂穿過地道，他的腳開始發疼，而且完全不覺得酷。在聯合院面前，他表現得像是可以找到阻止埃力斯的方法，但當他們來到教誨院不那麼悶熱的區域時，他開始感到絕望。

我們一定沒問題的。艾倫說，只是語氣像是也不太肯定。

地靈停下腳步，跳到緩緩流經洞穴的小河上方一塊岩石。他們已回到熟悉的教誨院地點。

「時候到了。」地靈說。

「等等。」關妲說：「我以為應該是終曲即至。」

「時候到了。」地靈又說了一次，接著就奔竄進入暗處，不見身影。

關妲轉向凱爾。「牠總是這樣說的嗎？拜託告訴我這很正常。」

「呃……」凱爾說：「不是。」

「別理會地靈神秘兮兮的舉動了。」塔瑪拉說，她拍拍制服上的灰塵，再把散落的髮絲塞在耳後。「或許我們想太多了，或許我們只是需要武器。」

賈思珀回頭看她。「什麼樣的武器？」

她狠狠瞪著所有人。「這就是我們要查清楚的東西。」

*

幾小時候，他們從藏書館借回來的書籍已佔滿了桌子、沙發和一大部分的交誼室地板。每個人都帶著一堆書，努力翻閱，找尋可能對付埃力斯的有用武器。

結果發現，魔法師這些年來製造了許多東西，只是很少具有萬能手套那樣的威力。萬能手套可以利用混沌施法者的魔法殺死他們，埃力斯就把它改造來竊取艾倫的喚空者能力，而謝天謝地，手套已被摧毀了。書中提到的大多是有用卻很無趣的東西，像是會回到擲刀者手中的刀子，還有一些就只是詭異的物件。

「我找到一種每次拋擲就可以砍下三顆鴿子頭的小斧頭。」賈思珀從書中抬起頭，皺著眉頭。「會想製造這種東西的都是什麼人呀？」

「真正痛恨鴿子的人。」關妲邊打呵欠邊說。

此時，門上傳來敲門聲。凱爾走過去開門，發現是一群一年級的學生，其中包括艾克索和被飛龍抓到空中的女孩。

「我們只是想謝謝你。」艾克索說：「你真的很了不起。」

「我叫莉莎。」那女孩說畢，便對凱爾遞出一張畫。「只是想讓你知道，我們將永遠不會相信任何人指責你的壞話，你好酷，你救了我們，我為此作了一張畫。」

凱爾接過圖畫，目瞪口呆看著它。不可否認這真的是一張很棒的畫，臉蛋的確很像他，身材卻更為魁梧，而且還有六塊肌從撕裂的上衣底下露出來。「呃。」凱爾難為情地說。

塔瑪拉從他手中接過畫。「真是太了不起了。」她熱切地說，但凱爾確信她只是在嘲弄。「妳真的很有天分，我們要把它掛在牆上。」

「我們當然不要。」賈思珀說。要是畫的是他，他一定很樂意。

謝謝他們，艾倫說，告訴她畫得很棒。

當瑟莉亞告訴大家，凱爾是邪惡化身之後，他認為自己不能再打壞公共關係，或許這些鍛鐵年級的孩子可以幫助他討回其他學生的歡心。

「謝謝妳。」他對莉莎說：「真的畫得很棒。」

「的確是。」塔瑪拉附和。

「我們只是想讓你知道。」艾克索說：「不管你需要什麼，都有我們支持你、幫助你，真的，不管任何事。」

「你們真貼心。」塔瑪拉說。

凱爾臉上露出不懷好意的笑容。現在有個從天上掉下來的禮物，他知道要怎麼運用了。「太好了！」他說：「你們看得出來，我們超級忙的，所以你們何不去大食堂，替我們帶回一些吃起來像披薩的地衣餅；然後我需要去藏書館借更多書——」

「凱爾！」塔瑪拉打斷他。

他對她露出無辜的眼神。「或許現在先來點地衣餅就好。」他對一年級生說道。

他們點點頭，離開去完成凱爾的要求。

「他們不是你的私人僕役。」塔瑪拉說。

「我就知道妳會發現的。」凱爾承認：「我猜這樣我又累積大魔王積分了。」

「什麼？」塔瑪拉問。

「我之後再告訴妳。」他發現自己或許不想讓她知道大魔王計分單的事，當然也絕對不想在一旁以怪異眼神看著他的賈思珀和闕妲知道，免得他們開始替他加總積分。

如果這些書中沒有武器的資料，那我們就得認真想想了，艾倫說，我知道你不想去看那些封存的記憶，但那可能是我們擊敗埃力斯的最好希望。

就算我全面進入死神敵模式，也幫不上任何人，凱爾回擊。他好懷念以前，以為考試作弊，或是拿走最後一片披薩就足以讓他變成壞人的日子。那些回憶非常危險，又危險地誘人，要是他可以拯救世界，卻意味必須失去自我呢？

甚至，如果他成為君士坦，是否還會想擊敗埃力斯？

凱爾回到書前，但每翻一頁，就愈感覺到自己別無選擇。

＊

等到他們翻完所有書，地衣餅早就成了遙遠的回憶，大家又餓又沮喪。最後，闕妲站起來，往上伸展雙臂。

「好了。」她說：「我們得歇息一下。」

「妳認為埃力斯會歇息嗎？」賈思珀質問：「邪惡永不止歇。」

「嗯，關妲說得對，我們需要休息。」塔瑪拉說：「我們去廊廳游個泳，讓頭腦休息一下，看看能不能想出新主意。」

「吃點糖可能會有幫助。」凱爾同意：「糖和咖啡因。」

「好吧。」賈思珀發現大家都和他唱反調。「但我們還是不會把凱爾的畫掛在牆上。」

「沒錯。」塔瑪拉同意。「我們要把它掛在冰箱上。」

她果真照辦。

＊

出乎意料地，廊廳擠滿了學生。凱爾原本以為經過前一天的創傷，尤其是唐楓大師遇難，這裡會成了陰暗抑鬱的空間。但是，這裡卻塞滿了大聲喧譁和享樂的人們。

塔瑪拉聳聳肩。「否認心理。」她說。凱爾環顧四周，看到孩子從岩石的冷熱泉池跳進跳出；場上還擺放許多張軟綿綿的金色天鵝絨沙發，一大堆學生倒坐在上面，喝著藍、綠、橘、粉紅各種色彩鮮豔的飲料。「人們需要分散注意力，這很正常。」

關妲和賈思珀已經走去點心吧，長形石檯上擺滿了一盤盤糖果和口味像乾酪辣味玉米片的地衣脆片。凱爾拿了一杯冰甜茶，塔瑪拉則選了一杯加了覆盆子和大顆荔枝的東西。

大家一起走向軟沙發，但凱爾猛然止步。瑟莉亞已經坐在那裡，旁邊還有查理和蓋伊。她穿著花朵圖案的黃衫，開心大笑，看起來好漂亮，又輕鬆愉快——至少直到她轉身看到他，表情瞬間凝結之前。

「或許我們應該到別的地方。」凱爾咕噥。

「哎呀，看看是誰來了？居然還有勇氣出現。」有人說道。那不是瑟莉亞，而是一個穿著丹寧襯衫和游泳短褲的男孩，他有一頭紅髮和一雙瘦削的長腿。凱爾覺得像是認識他，卻又不太確定。

那是柯頓．麥卡邁克，艾倫的聲音在他腦海裡響起，是珍妮佛．松井生前的好朋友。

凱爾感覺肚子像是塞進了一團冰冷的東西，他讓珍妮佛死而復生，但她卻成了人形混沌獸。那不是他的選擇，卻仍舊可怕駭人。

「聽著，我們不想找麻煩。」凱爾舉起一隻手。「我們會去別的地方坐。」

「只要你在教誨院，你就是麻煩。」柯頓身邊一個女孩子說，她黑色短髮的瀏海染成了亮藍色。

她是李妍，艾倫說，**柯頓的女朋友。**

你認識教誨院的每一個人嗎？凱爾惱怒地想著。

我只是想幫忙而已。艾倫似乎不太高興。

「你和埃力斯很親近。」柯頓身體往前傾。「不是嗎？」

「柯頓，這是怎麼一回事？」塔瑪拉扠腰質問：「埃力斯佯裝是我們的朋友，殺了艾倫。艾倫可是凱爾的平衡力，你不會想說我們是埃力斯的鐵粉吧！」

「別惹凱爾。」說話的是蓋伊，他看起來有點難為情。他清清喉嚨說：「我們今天下午全看見他救了這些孩子，而且破除了埃力斯的混沌魔法，他明顯站在我們這一邊。」

「太明顯了。」柯頓說：「埃力斯已經得到他想要的東西，我認為那全是演戲，只是要讓凱爾看來像擊退了被噬者，但其實他們早就勾結了。」

「『勾結』？」賈思珀重複。「誰會像這樣子說話？」

「還有你。」柯頓轉向賈思珀。「你爸爸不是投效約瑟大師了嗎？你說的一副好像我們有理由相信你是效忠我們，但不知怎地，凱爾逃獄時，你和塔瑪拉卻都在場。至於塔瑪拉，妳的姐姐綺米雅可是埃力斯的女朋友。大家都知道你們兩人就跟他一樣壞透了。」

賈思珀聽到爸爸的事被說出來，整個人像是瑟縮了。

凱爾怒氣沖天。「別欺人太甚。」他毫不客氣地說：「沒有人跟埃力斯勾結。賈思珀甚至不是那麼喜歡我，而我們就要再次冒著生命危險去拯救你們，所以除非你們想要代替我去對抗被噬者，不然你們最好別惹我們。」

「瑟莉亞對你的看法沒錯。」柯頓說：「不能信任你，和你在一起的任何人也都不能信任。」說完後，他就走出廊廳，而他的女友和朋友也跟著離開。

凱爾和其他人心情沉重走回寢室，關妲沒跟柯頓對上話，也沒有被指稱為壞人，她可能正在衡量和他們當朋友的潛在好處和缺點。凱爾非常確定，數據不會站他那一邊。

第十章

凱爾揮動腕帶打開房門，見到石壁著火了。剎那間，他只是不斷眨著眼，直到火焰開始拼出文字。

妳的歲月時刻，那地方見。

文字旋即化成灰消散了，沒有留下任何痕跡。

「更詭異了。」關妲陰鬱地說。

「是拉雯傳來的訊息。」塔瑪拉說：「她利用火傳訊，那是她的說法和字跡。」

「好。」賈思珀說：「但我們怎麼知道她是什麼意思。」

「『那地方』可能是指我去年見到她的地方。」塔瑪拉說：「在教誨院的地面區域。」

「外面嗎？」關妲問。

塔瑪拉點點頭。「但是『歲月時刻』呢？是說我的生日嗎？」

「還是妳出生的時間？」賈思珀插嘴。「妳要怎麼知道這個時間？除非打電話去問妳媽媽之類的。」

十六點時，艾倫說，二十四小時制。

凱爾正要說艾倫已經想出來了，才驚覺這樣講法不對。「下午四點。」他改口說道：「因為她十六歲。」

「那我們只剩下二十分鐘了！」關妲說。他們大家就往外衝。

凱爾帶了小肆，小肆或許不再是混沌獸，但人永遠不知道什麼時候會需要有忠實的狼陪在身旁。

他們急急穿過通往任務門的走廊，離開教誨院的時候，凱爾不禁想到埃力斯騎著龍來到的情景，尤其還因為在遠方，他愚蠢的高塔已開始興建。魔法師在空中飛梭，以魔法搬起石塊，一一堆疊，這座龐大的建築逐漸成形。它或許很荒謬，但的確已開始建造，而凱爾已快沒有時間了。

「到了。」塔瑪拉在大家抵達一個小樹林時說道，她攀上一塊岩石坐下。

有好一陣子，他們就只是等待，領略針葉的氣味。遠處傳來一聲狼嚎，小肆豎起耳朵。

此時，突然間，就好像營火迸現火花一般，拉雯出現了。

跟凱爾先前見到時一樣，她看起來就像一般女孩，只是被火光包圍，左手全是火焰，彷彿是燃燒的萬能手套。她的雙眼也是滿滿的烈火，頭髮閃現火花。但是，她仍舊保有女孩子的外形，而且令人不安地，凱爾看得出她和塔瑪拉長得很像。這一點讓他很不自在，但他也說不上是什麼道理。

因為想到要是塔瑪拉發生這樣的事，就嚇壞你了，艾倫說，因為你喜歡她，你喜歡上她了。

介意我這麼說嗎？凱爾心想，這不關你的事。

只要我困在這裡，就有關係。況且，我希望你們這兩個瘋孩子能夠順利。

「拉雯。」塔瑪拉已經起身，顯然了解到自己是小組裡非官方的發言人。「謝謝妳過來。」

「妳是我妹妹。」拉雯說，火花跟著從她的嘴巴迸出。「妳要我來，所以我就來了，什麼事？」

塔瑪拉伸手扯弄她的項鍊。「我們需要知道怎麼殺害被噬者。」

拉雯放聲大笑，聽起來就像是在放鞭炮。賈思珀急急往後退了幾步，顯然害怕火花會濺到他身上。「我為什麼要告訴你們？」

「因為不然的話，埃力斯・史特賴克會殺了我，以及綺米雅。」塔瑪拉說。

拉雯止住笑聲，她盤旋燃燒，聽著塔瑪拉解釋目前的狀況：興建中的高塔、埃力斯的要求，以及凱爾的混沌魔法傷不了他。

「拉雯，我們不想傷害其他被噬者。」塔瑪拉最後說道：「但是我們需要除掉埃力斯，否則他會殺害很多人。」

「我懂了。」拉雯說：「我現在可以告訴妳，我以前從未聽說過混沌被噬者。要殺死被噬者的方法，就跟殺死元素獸一樣——就是藉由可以摧毀他們的相反元素。水的被噬者或強大的水魔法可以殺死我，這樣我的火焰就會永遠熄滅。」她的語氣像是充滿畏懼。「但是混沌……」

「混沌的相反物是靈魂。」凱爾說：「但沒有靈魂被噬者。」

「不可能有。」拉雯說：「人不可能被自己的靈魂吞噬，這就好像被生命謀殺。」

「呃，那麼我們應該怎麼做？」關妲說：「我們又不能對他傳送靈魂。」

「我不知道。」拉雯說：「如果我可以，就會幫助你們。」

塔瑪拉像是極為失望。「要是妳聽到任何元素獸或被噬者提及除掉埃力斯的方法，拜託，拜託一定要告訴我。」

「我會的，小妹。注意安全，如果妳需要我，我會再來。」說完後，拉雯就轟然成為一道火龍捲，呼嘯劃過空中，然後又散落成火花，彷彿從不曾來過。

他們四人依舊默默坐著，他們的希望破滅了。凱爾心思飛快轉動——當然一定還有別的選擇、別的主意，還有別人可以問。一絲星火飄近小肆的毛皮，牠吠叫了一聲。凱爾覺得，就連小肆也聽起來很絕望。

遠方傳來一聲嚎叫，迴盪在樹林間。

「那是什麼？」賈思珀坐起來。

「可能是混沌狼……」關妲說著，卻隱去了聲音。他們最早來到教誨院時，樹林裡充滿了混沌動物。撥亂反正師甚至搬過來研究牠們，然後聯合院圍捕了這些混沌獸，即使凱爾後來拯救了牠們的性命，但牠們也已經不再棲息在這樹林。

「或許牠們回來了。」塔瑪拉說，她從岩石上面跳下來，走到樹林邊緣。

另一聲狼嚎響起，現在更加接近了。然後，有一隻狼從相反方向悄然進入視野。牠是一個黑色身影，彷彿從紙上剪下，虛無占據了牠原有的地方。小肆背部毛髮豎起。這些不是混沌狼，至少不再是了。牠們跟著埃力斯從虛空返回，現在成了混沌元素獸，力量更加強大，也遠遠更加令人恐懼。

火焰在塔瑪拉掌心閃現，不多時便成為一團火球。小肆齜牙咆哮，奔向那些怪獸。

「不！」凱爾大叫，追著小肆，卻腳步一滑，痛得雙腳跪地。闕妲衝上來，站在塔瑪拉身邊。她舉起雙手，召喚金屬元素，小小的粗糙鐵塊、鎳塊開始從地面迸現，接著飛向從樹林各處現身的混沌生物。

金屬擊穿了牠們如煙霧般的身軀，幾隻倒地哀號。凱爾可以直接看穿傷口，見到牠們身後的樹林。

「大家背對背。」賈思珀大喊。

凱爾勉力站起來，準備把這些元素獸送回混沌，牠們已經太逼近塔瑪拉，他不確定打開連結後，會不會像唐楓大師那樣也把她吸進去。

小肆已趕到塔瑪拉附近，站在她和元素獸之間低吼。

我們得採取行動。艾倫說，但這句話不算特別激勵人心。

凱爾對準其中一匹狼，發射一道混沌能量，牠馬上消失了，被虛空退散，進入虛空之中。

兩匹狼立刻從另一頭衝向闕妲，她揚起金屬對準其中一隻。金屬擊中狼喉，打得牠仰天後翻。賈思珀往前一個箭步面對另一隻狼，施展一陣強力疾風，狼身後的樹枝都因而斷裂，狼也飛起撞上岩石。

塔瑪拉朝附近的狼隻發射火焰，但是狼來得愈來愈多。凱爾開始慌張，連連往元素獸擊出混沌能量。闕妲仍不斷拋扔金屬，但已逐漸顯露困境，凱爾知道她終究會耗盡所有金屬。塔瑪拉和賈思珀也神情凝重、筋疲力竭。

這裡有太多隻元素獸了，又太接近塔瑪拉、闕妲和小肆，他沒辦法及時把牠們全數送回虛空。其中一隻撲往塔瑪拉的喉嚨，牙齒咬向她的皮膚。

那些記憶，他驚慌地想著。如果他有君士坦的回憶，他就會知道怎麼應付。君士坦是死神敵，一定面對過這種狀況。

凱爾深呼吸，**艾倫**——

你確定嗎?艾倫再次確認。

「解鎖。」凱爾說：「上吧。」

好。

凱爾感覺就好像腦海裡有什麼撕裂了，他跪倒在地，緊緊抓住太陽穴。小肆跑向他，腳搭在凱爾的手臂。凱爾縮著頭，察覺到火焰和金屬在周遭狂舞。他的腳傳來貫穿他全身的刺痛，和他頭腦裡的壓力和疼痛不相上下。

艾倫，他說，艾倫，不管你在做什麼，我想我沒辦法——

他的心靈封印有如閘門般砰然開啟，各種影像如洪水氾濫湧向他的腦海。他感到小肆跳離自己身旁，牠發出哀號般的恐怖吠叫，在一旁畏縮哆嗦。

凱爾體內湧現狂暴駭人的力量，他順勢站起，即使周遭的樹木似乎不斷轉移搖擺——有其他的記憶和這些林木重疊，那是一座樹木濃密的古老森林，陰暗的小徑蜿蜒入林，小徑兩旁淨是殘暴的元素怪獸。

凱爾從這個景象，見到了從未見識過的東西。混沌，活生生的混沌，有如黑線奔流在這世界。天地因此變暗。他心想，這就是混沌具有如此強大力量的原因——因為它是萬物的一部分，是石頭、樹木、雲朵的一部分；圍繞所有事物，也在事物之中，它是世界的旋轉核心。

他伸出雙手，有如拿取杯子和石子這種小東西，信手拈來。他抓起纏繞在身體周遭的各個混沌線圈，然後聚集在雙手之間，再塑成一道巨大旋轉的黑色火焰。

他聽到其他人在呼喊他的名字，在他的心中某處，艾倫也在喊叫。這不重要，他非常清楚自己在做什麼。凱爾擲出雙臂，黑色火焰在他指間爆發，射向元素狼，把牠們撕裂成碎影。

賈思珀已擋在關妲和塔瑪拉身前，三人全都震驚地注視眼前景象，元素狼就這樣被爆裂成灰，黑火在凱爾手臂上下跳躍，有如閃電滋滋作響。

「凱爾！」塔瑪拉尖叫：「凱爾！」

但是凱爾已聽不到她，他的耳目之中只有黑色火焰，記憶中只有燃燒。事實上，記憶像是不受控制的浪潮，不斷灌進他的腦海。當他跌入黑暗之中時，他聽見自己的尖叫聲。

第十一章

他身在冰穴，這裡的寒冷讓他的氣息化成了霧氣。即使透過厚實的外套，即使透過身上的魔法，他還是可以感覺到寒意。他的胸口傳來劇烈的疼痛，周遭淨是屍體和垂死之眾。

如果他不快些採取行動，也會成為其中一員。

他來這裡襲擊老邁殘弱，因為從多年經驗得知，恐懼比力量更為彰著。攻擊老幼病弱，並未帶給他樂趣。然而，贏家向來是最為冷漠的一方，而他想要贏。為此，他願意不擇手段，不管有多麼駭人聽聞，他願意親力親為，不信任交付手下。

他從未料到如此的老弱集合，居然能發起如此的抵抗。他帶來的混沌軍團已被殲滅，墜入二次死亡，而他也受傷了，傷得極重。

他的身體開始變重，心跳緩慢，肺裡淹滿了自身的鮮血。他尋求新的化身。把眾多魔法利刃射進他胸口的瑟拉·亨特？他方才設法讓一些利刃轉向攻擊她，現在她身負重傷倚著牆壁，失去神采的眼睛仍小心翼翼注視著他。不，她撐不了多久。他望向那些用身體護著孩子的爺奶級老人，他們也全都死去了。
　　氣若游絲的哭聲傳來，他見到還有一個嬰兒活著，他在瑟拉的哥哥德克蘭・諾伐克懷中。德克蘭頹然靠在妹妹附近的岩壁。魔法師心中飛快盤算，不知道自己的喚空者能力可否隨著他進入孩子體內。他以往向來非常小心掌控喚空者的身體——要是力量不能跟隨而至，那麼他等於最後還是走到了末路。
　　他疼痛萬分緩緩邁開步伐，走向那個嬰兒，不理會瑟拉要他別靠近的呼喊。嬰兒在啼哭，這是好預兆，顯然這倖存者的身體仍舊強健。寶寶擁有一頭黑髮，揮動著充滿生氣的拳頭。
　　這是一個嬰兒，成為幼兒的話，他就無法施展魔法，也無法離開洞穴，變得毫無防衛之力，必須賭運氣看是否會有人來到這裡。更糟的是，他擔憂這未成形的心靈會被他全副記憶壓垮。可是，君士坦的身體已急速衰弱，絕對無法撐到他尋獲另一個候選人。
　　他迅速決定，在這脆弱的新心靈裡面，他的記憶必須封印。就某方面來說，這是健全的解決之道——唯有在他成為一個具備足夠智慧和力量的魔法師，得以找到這些封存於腦海的記憶時，他才有辦法釋放它們；唯有在他做好準備，才能接收他曾經擁有的一切智識。畢竟，缺少了這些記憶，他怎麼可能重返榮耀？

而他，莫高力，他是靈魂鐮刀、是噬人者，也是死神敵，一切都是為了榮耀，為了萬載千秋的永久榮耀。

他深深吸了一口氣，呼吸在這殘破身軀的最後氣息，便將靈魂推離君士坦．喚豐的殘軀，進入這個哭喊尖叫，原為凱爾倫姆．亨特的嬰兒。

他誓言，**這將不是我的終曲**。

＊

凱爾在尖叫聲醒來，然後又繼續放聲尖叫。有人把他綁在床上，牆壁上有燒灼的痕跡，凱爾不記得這些痕跡是怎麼出現的，也不記得這些牆壁以及這個房間。

「凱爾？」是賈思珀的聲音，凱爾安靜下來一陣子。他總算想起這是什麼地方了，至少他認為他記得還沒被弄得天翻地覆前的這個房間

接著，他像是同時來到一千個地方，一大群人經過他面前，想要跟他交談。一千個聲音大喊。身著聯合院法袍的魔法師，皮膚灼傷焦黑的男男女女，揮舞著拳頭。

「我在布拉格擊敗你了！」凱爾對其中一人狂吼。「是我，而且我將再次擊敗你！」

「情況真不妙。」賈思珀的聲音說。凱爾發現自己又回到他的身體，兩手手腕被綁在一張大床的床柱，而床幔上有許多戳痕、水漬和煙燻斑點。他的肩膀好痛。

「是我。」凱爾說。他的聲音嘶啞，喉嚨發疼。「艾倫呢？」

我在這裡，艾倫在他的腦海裡說，凱爾，你一定要找到你自己。推走那些記憶，再次封印它們。你說的沒錯——

賈思珀一臉憂慮，他為什麼在凱爾的床邊？凱爾不知道。「艾倫死了。」他說：「凱爾？你知道這是哪裡嗎？」他跑向門口。「塔瑪拉！他開口說話了！」

一個女孩跑進房間，她的秀髮飛揚，棕膚黑髮，好美麗。凱爾知道她，但相關的知識卻沖走了。他抓著綁住他手腕的繩子，努力堅持下去。「這是怎麼回事？」他問：「發生什麼事了？」

那個女孩——**塔瑪拉，塔瑪拉**——來到床邊，熱淚盈眶。「凱爾，你最後記得的是什麼？」

「那個冰穴。」凱爾說，然後見到他們兩人驚駭地瞪著他。

＊

他在一個巨大石室。君士坦・喚豐在一個花崗岩臺座前來回踱步，慣用的面具已拉下覆住他的疤臉。臺座上方是一座墓，墓上躺著一具屍身——他的力量可以輕易就辨識出來，他對喚豐家的雙胞胎都非常熟悉，這是君士坦的弟弟月成。

月成動也不動，已然死去；君士坦卻停不下來。他從石室的這一頭疾行到另一頭，覆蓋他半邊臉的銀色面具閃閃發亮。他一再對他弟弟說話，說會讓他復生，他不該死，教誨院將付出代價，死亡本身將被摧毀。

莫高力饒富興致注視著，他了解痛恨死亡的感覺，他自己同樣也花了好幾世代、好幾世紀來避開它。他低頭看著自己的手，優雅卻滿是皺紋的手指——這一次是女人的手——他知道自己在這個軀體可以輕鬆再度過十年、三十年。然而，君士坦以他目前的狀況，可能撐不了多久。以這樣的野心，卻毫無策略地衝動行事，他會自爆。

約瑟大師做得很好，隔離他和教誨院，離開關心他的人們。莫高力容許自己暫時為栽培出這樣的魔法師感到高興和驕傲，這是一個心靈破敗到容易操縱，破敗到足以毀掉那個孩子，是一個網羅為門徒的絕佳選擇。他從未對自己的導師有任何懷疑，只是不斷散發野心；他當然也從未懷疑她是喚空者。他所存在於的女人身體，揚起嘴巴，露出微笑。

他上一次施展威力，爭奪魔法世界，已是非常久遠以前的事，他們絕對不會把他和過去的人連結在一起。這就是連續幾個世代保持低調的意義——給予這世界時間去忘懷。但這新的喚空者嘗試過一些有趣的實驗，他無法讓生命死而復生，卻給了莫高力組織一支軍隊的主意，這將是一支無人能擋的軍隊。

該是成為君士坦．喚豐的時候了。

向來都是如此，未來也將再次如此。

凱爾再度睜開雙眼，他回到有床的石室。牆上已不再有燒灼痕跡，但他不知道之前是他想像出來的，還是痕跡已被清除。他聽見嚎叫的聲音，是小肆？還是混沌狼？

「凱爾？」一個輕柔的聲音響起。他轉頭。「你記得你現在是誰嗎？」

瑟莉亞在這裡，縷縷金髮用髮帶梳在腦後，臉色十分蒼白，紅通通的眼睛因此更為明顯。凱爾蹙起眉頭看著她，想在記憶中找到她，她不喜歡他。

他是否燒毀了她的高塔，讓她的土地變成一片焦土？殺害了她的家人？朝她湯裡吐口水？太多罪行湧現腦中。

「凱爾？」她再次開口。他了解到自己還沒回答。

「妳……」他沙啞地說，舉起一根手指，控訴似地指著她。她也做了一些事，他想起來了。

「對不起。」她說：「我知道你一定很不解我為什麼會在這裡，尤其我之前又那麼壞，我那時的確很壞。我當時很害怕，我曾有家人在教誨院，當時你爸爸——還有你，我不是指真正的你，而是他也在。」她停下話來，顯然也被自己的話給弄糊塗了。「當君士坦在學校的時候，沒有人認為他會成為死神敵。他們只知道他對於自己是喚空者非常驕傲自大，相信自己可以達到無人能敵的成就，那時似乎也不怎麼壞，但後來卻走樣了。我有很多家人死於魔法世界大戰，而且從我小時候，他們就一再告誡我，挺身對抗君士坦是非常需要勇氣的事，但要是以前有人如此，這一切都不會發生。」

殺害了她的家人，凱爾心想，這就是我對她做的事。

凱爾，他的腦海傳來一個聲音，讓他嚇了一跳。

凱爾，你必須專注，把那些回憶推回去。

「我知道這是藉口。」瑟莉亞說：「但這也是解釋，而我想要你知道。我錯了，我很抱歉。」

「為什麼是現在？」他想要弄明白。為什麼她明明是對的，卻又決定原諒他？他不值得信任，他甚至不確定自己是凱爾。

「你為了救賈思珀，差一點喪命。」她說：「君士坦不會這樣，或許他會做一些貌似良好的事，但是除非你是賈思珀、塔瑪拉和關妲的朋友，否則我想不出還有什麼理由會讓你那樣做。後來，我開始回想起我們一起帶小肆散步的日子，以及要是大家因為我無法控制的事而認為我很壞，這有多麼可怕。然後，我認為這樣並不公平，你得賭上性命，才能讓我對你刮目相看。後來我又聽說你的狀況不好，我於是在想情況是不是會有所不同，要是我們沒有——要是我沒有——」

「不是那樣。」他開口。但是房間又開始天旋地轉，他吸入一口濃煙。他站在一艘船的甲板上，見到遠方一整支艦隊著火了。他眼見魔法師跳入海中，但等他們落水，便有觸手從深處伸出抓走他們。他需要警告她，警告這女孩，這充滿歉意的女孩。

「有元素獸。」他急切地告訴她。「在波浪底下伺機而動，如果妳被逮到，牠們就會淹死妳。」

「哦，凱爾。」他聽見她說，輕柔的語氣泣不成聲。

大氣
元素魔法

大氣魔法可以讓物體懸浮，熟稔此種魔法的魔法師甚至可以飛行在空中。在入學考試中，其中一個考題要考生讓紙漂浮起來，就是運用大氣魔法的概念，這也是凱爾進入魔法學園前最想修習的魔法之一。

大氣元素會化成類似飛龍的元素獸，大魔頭死神敵移動時也常駕著大氣元素獸飛行。

magisterium

＊

他躺在一張狹窄的木床上，知道自己就快死了。他的呼吸成了斷斷續續的喘息，感覺全身著火。

這絕對不是他計畫中的人生，他原本是全帝國最頂尖的教誨院裡的優秀學生。他的導師雅如許大師是最具智慧也最強大的大師，並且在鍛鐵試煉中一眼就選中他。他是一個能夠塑造混沌的喚空者，一直自信將會擁有集權力財富於一身的長久人生。

然後，咳嗽的問題就出現了。剛開始，他並沒有理會，只把它當成身體疲憊，以及在實驗室和導師熬夜工作的結果。後來，一天晚上，他咳到彎下腰，首次目睹鮮血噴濺在地板上。

雅如許大師帶來最好的大氣魔法師來治療他，但他們都束手無策。他的力量隨著健康一起衰退，他困在自己的閣樓裡，有如囚犯，只有在房東太太或雅如許大師為他帶食物來時才吃點東西，只能憤怒地等待不可避免的結局到來。

至少，直到他醒悟的那一天。

他一直知道，混沌的相反物是靈魂。但是，他從未真的認真思考它的意義。自從他已不是什麼人。各種回憶在他腦海裡打轉——混沌小狼、燃燒的高塔、金屬怪獸，還有滿屋子的魔法師，而他是其中一人，他一個一個殺掉，這樣他們就永遠不能反抗他。他看著他們倒下，放聲大笑……

「我是靈魂鐮刀。」他粗嘎地說：「我是頭巾紅隼、布拉格的露德米拉、盧森堡禍害，是虛空司令。我是焚毀世界高塔的人，分開海洋的人，死亡將在我手中死去。」

塔瑪拉哽咽。「艾倫。」她說：「我知道你在這裡，我知道這是君士坦的伎倆，想讓凱爾發瘋。」

不是君士坦。這句話在凱爾心中浮現。他不太明白這是什麼意思，卻帶著一種強烈的急迫感。他發現他的嘴巴突然開口說話。

「不是君士坦。」他喘息。「還有另一個，另一個遠遠更加邪惡、更加古老的魔法師，他的記憶原本封印住了，但我們解開了它，這些記憶在凱爾的腦海裡徹底大爆發。」

塔瑪拉瞪大了眼睛。「艾倫。」她低語，身子往前傾。「艾倫，你得救救凱爾，你得封存那些記憶！封印起來！還有凱爾——你要幫助他，你要讓他完成這件事。」

有好一陣子，他像是又陷入記憶深沼，時間再度流逝偏移，但此時，卻出現另一種感覺，有如額頭覆上了冰涼的布。這種感覺就像有人走進你一團亂的房間，趁你不在的時候，收拾好一切，但是你還是得在恰當的地方，你就是得在這些地方放置東西。

「艾倫？」凱爾呼喚，他又可以讓自己脫離記憶湍流了。

我在這裡，艾倫的聲音，**你知道你是誰嗎？**

「知道。」凱爾說。塔瑪拉在床尾謹慎地看著他，顯然還無法判定凱爾大聲自言自語是好還是壞徵兆。

那到底是誰呀？艾倫問，語氣像在哄貓咪。

「凱爾倫姆．亨特。」他轉向塔瑪拉。「我現在沒事了，我知道我是凱爾倫姆．亨特，我記起來了——呃，我記起來很多事。」

她頓時呼出一大口氣，放鬆地倚著床尾板。

「我……像這樣多久了？」他的肚子咕嚕咕嚕叫。這段記憶奔瀉的期間像是只過了瞬間，又像是無窮無盡。現在，他還是可以感覺到它在心靈邊緣低語。

「五天。」塔瑪拉回答，凱爾瞠目結舌看著她。

「天？」他重複。

「我去幫你拿一些吃的東西。」她說完就站了起來。凱爾在她走往門口前，抓住她的手腕。

「我必須告訴妳一些事。」他急急說道。

她露出溫柔的笑容，這跟她平常的強悍格格不入。「等一下。」她說，而他實在筋疲力盡，無力抗議。他目送她走出房門，然後痛苦萬分讓自己緩緩坐起，他全身發疼，尤其是跛了的那隻腳。

在他的記憶裡，在其他那些身體裡，他的腳不痛。但是，他並不懷念那種感覺，身為那個不死的邪惡魔法師，真是太可怕了。被捲入這些回憶之中，就好像快淹死了，他有如大口吸取空氣那樣，不斷努力汲取意識。

你沒事吧？他問艾倫。此時，因為只有他們兩人在場，他想要確認：**你害怕嗎？**

沒事。然後，過了好一段時間，凱爾腦海裡只有一片沉默。**對，害怕。**

塔瑪拉端了幾盤地衣還有含糖碳酸飲料回來，闞妲和賈思珀跟在她身後，帶來三明治和披薩等更多的食物。他們把食物放在凱爾用不著下床、就可以輕易取用的位置，沒多久，他的毯子上就擺滿了一盤盤的餐點。

塔瑪拉走回門口，闞妲和賈思珀則在凱爾附近坐下。「好，我們應該通知如佛大師你醒來了，但在這之前，我們想先跟你談談。」她輕聲說道，然後她輕彈手指。「而且還有人想見你。」

小肆跳了進來，牠顯得有點壓抑，只是緊張地看著凱爾。就狼來說，牠倒是很會斜眼看人。

「嗨，小子。」凱爾以粗啞的聲音呼喚，想起小肆當時在森林裡時是怎樣瑟縮遠離他。「嗨，小肆。」

小肆跳上前來，嗅聞凱爾的手。然後就躺在地板上，四腳朝天，顯然心滿意足。

「如佛大師認為你使用了太多混沌魔法，所以生病了。」賈思珀說，語氣半信半疑，這可能是因為他聽過凱爾狂亂喊出他的回憶和燒毀城市的事。

「不是這樣。」凱爾說。沒有人驚訝，闕妲甚至拿了一塊三明治，輕咬邊緣。

「聽著，我得告訴你們一件事，我保證這將是我最後一個秘密。是說，就算有另一個秘密出現在我面前，我也會閃躲避開它。」

胡說，有一部分的他這麼說。有一部分的他不是艾倫，但是他又無法躲開艾倫。畢竟，闕妲和賈思珀仍不知道他內在有兩個靈魂，不過至少他跟塔瑪拉說過了，至少他不會對她保有秘密。

「好啊。」闕妲緩緩說道：「所以你想起身為君士坦的事？」

「算是。」凱爾說：「但我也想起身為別人的記憶。」

「像是前世？」賈思珀問。

「的確像是前世，卻不是投胎轉世，就把它想像我是一個知道怎麼從活人身上推出靈魂，再放入自己靈魂的魔法師。」

「就像附身？」闕妲皺皺鼻子問道。

「沒錯。」凱爾說：「現在想像他只能輾轉附身在喚空者之間，因為他不想失去他的混沌能力。想像他——就是我——在歷史上推走各個喚空者的靈魂，然後成為各個不同的大魔王。」

「多少個？」塔瑪拉問。

闕妲起身，往門口走去。凱爾嘆了一口氣，早該料到會這樣。

「妳要去哪裡？」賈思珀問，凱爾真想叫他閉嘴，別讓闕妲說出心中可怕的想法，因為凱爾並不想聽。但是，凱爾沒要賈思珀閉嘴，因為不希望賈思珀也走開，尤其是不希望塔瑪拉跟著出去。

但是，闕妲不一會兒就回來了，手中拿著《歷史上的喚空者》這本書。「好。」她眼睛閃亮地說：「你可是莫弗尼亞怪物？」

「我想應該不是。」凱爾說：「沒什麼印象。」

「並非歷史上每一個邪惡魔法師都是你，我想這是件好事。」塔瑪拉說。

「頭巾紅隼？」關妲問。

「很不幸的。」他回答。「我是。」

她挑高了眉頭，而塔瑪拉彎下腰看著關妲唸著的那一頁。「啊！」她說：「書上說，他時常運用他的混沌魔法攪動受害者的內在，好嗯，好像魔法打蛋器哦。」

「妳介意閉嘴嗎？」賈思珀說：「我在吃地衣耶。」

「那布拉格的露德米拉呢？」關妲問。

凱爾點點頭。「沒錯，我是她。」

「只因為布拉格有個男人跟她一個朋友離婚了，她就對那裡的人民散布了甲蟲瘟疫。」關妲咯咯笑。

「不可以贊成這些大魔王。」賈思珀說畢，就轉向凱爾。「聽著。」他說：「我們一起經歷過許多事，這種情況下，我可以說我真的不介意你的前世是哪一個邪惡魔法師。」

「是很多個。」凱爾陰鬱地糾正。

「都已經是過去的事了呀。」賈思珀說。

「不過，你的確是君士坦・喚豐。」闕妲問：「是嗎？」

「對，但有點複雜。看起來像是名為莫高力的邪惡魔法師元祖，在君士坦成為死神敵之後，找到他的下落，然後附身躍入他的體內，但可能因為君士坦原本就已經夠邪惡了，所以沒有人注意到差異。不過，這的確說明了，他在這件事過後，從未真的嘗試讓月成復生，只是把他移進一座墓室——因為莫高力根本不在乎。」

塔瑪拉顫抖。「我無法想像別人的記憶像那樣瞬間逼向我，難怪你會那樣迷失自我。」

告訴我情況，艾倫說。

凱爾點點頭。他非常刻意不去提及，他的靈魂是否是從一個名叫莫高力的人身上開始；之後，那些記憶不屬於別人，而是屬於他，即使他不希望如此。「不過，還有一件事。」他說：「我——我是說莫高力——真的存在了非常久的時間，他見識過不少事，像是另一個混沌被噬者。」

大家瞬間安靜下來，只是盯著他。

「當真嗎？」闕妲說：「你不會是瞎說的吧？莫高力見過混沌被噬者？」

凱爾點點頭。

「你知道怎麼阻止埃力斯？」塔瑪拉問，像是屏住了氣息。

「我有辦法。」他說：「莫高力設法淨化了他對付的被噬者身上的混沌能量，根據鍊金術法則，這需要四種不同元素的被噬者來執行。要是我們可以抽離埃力斯的混沌力量，就可以跟他正常交戰。」

真希望我可以和他對打，艾倫說，真希望我可以往他臉上揍一拳。

「那麼，他還會活著？」塔瑪拉問，凱爾看不出她是不是很失望。

凱爾點點頭。「或許，要是他被吞噬得更久一點，可能就不會剩下太多自我，但我認為他仍舊會強大到具有危險性。記住，他仍舊是喚空者。」

「所以，他也辦得到。」賈思珀說：「他也可以推開別人的靈魂，就像莫高力一樣，可以在垂死時，跳進別人的身體。」

凱爾指出：「但是他並不知道自己有這種能力。」

「少來了，凱爾，你要像大魔王那樣思考。」賈思珀說：「他知道君士坦做了什麼，知道他是怎麼從冷血屠殺中存活下來。」

塔瑪拉點點頭。「賈思珀說得對，我們得非常小心才對。」

在凱爾腦海中，一個主意開始出現。

「至少我們有計畫了。」關妲端起一杯碳酸飲料，喝了一大口。「我從未想過我們會找到辦法，說真的，這讓人非常興奮。」

賈思珀搖搖頭，彷彿在悼念過去那個理性的關妲。

*

凱爾原本以為，畢竟失去意識和胡亂咆哮了那麼久的時間，他一定睡不著了。結果，吃完東西說完話後，他又疲憊不堪。不管他作了什麼夢，夢境都不安寧，幸好，他並不記得那天晚上的夢。

鈴聲響時，他起床伸展身子，搔弄小肆，然後離開房間到交誼室，如佛大師已在那裡等著他。

「凱爾倫姆。」他說：「很欣慰見到你可以起床活動了。我們全都很擔心你，最近實在接連發生太多事。自從艾倫死後，你就冒了太多次的危險，你的魔法透支了多少次？你施展了多少次即使有平衡力在身邊，對你都有莫大危險的魔法？況且你現在又沒有平衡力。」凱爾低頭看著地板。

「盡快再挑選一個平衡力，對，那個人不會是艾倫，卻可以保住你的性命。」凱爾還是不發一語。

如佛大師重重嘆了一口氣。「在聯合院準備派你對付埃力斯時，我再怎麼叮嚀你小心也不為過，但如果這是因為內疚——」

「不是這樣。」凱爾急急說道。

如佛大師把手放在凱爾的肩膀上。「艾倫的死絕對不是你的錯。」

凱爾不太自在地點點頭。

他說的沒錯。艾倫說。

「這一切都不是你的錯，凱爾，這就好像怪自己為什麼出生一樣。」如佛大師等了一會兒，彷彿期待凱爾回答，但是他還是默默不語。

「我一直在思索自己的狀況。」如佛大師繼續說道：「思索一個人有時必須要如何面對不自在的事。」

「你要告訴你的丈夫嗎？」凱爾問：「談論關於身為魔法師？」

長者露出惆悵的笑容。「如果我們能撐過這一段的話，我就會說。」

門上傳來敲門聲，如佛大師走過去揮開寢室房門。門的另一頭是阿勒斯泰。

他看起來憔悴疲憊，彷彿已有好幾天沒睡，頭髮凌亂。「凱爾！」他大喊著擠過舊導師身旁，伸出手緊緊抱住凱爾。

等阿勒斯泰不再捶打凱爾的肩膀，只是退後一步凝視他時，如佛大師說：「令尊非常擔心你，從你開始生病的時候，他就一直留在教誨院。」

「我想我有聽到你的聲音。」凱爾說，想起爸爸說的話和其他訪客及記憶洪流糾纏在一起。

阿勒斯泰清清喉嚨。「如佛，可以讓我和凱爾單獨相處一下嗎？」

「當然。」如佛一如既往彬彬有禮，就告退離開了。

阿勒斯泰和凱爾坐進沙發，小肆跑過來察看，聞聞阿勒斯泰的褲腳之後，牠就蜷起身子，在他腳邊睡著了。

「好吧，凱爾。」阿勒斯泰說：「我知道這不是流感之類的，你發生什麼事了？你高喊著什麼燒毀城市、帶領軍隊前行等等，這跟死神敵有關嗎？」

注意你說的話，凱爾開口時，艾倫提醒他，**要是他認為你有危險，就會把整個教誨院牽扯進去。**

凱爾知道艾倫說的沒錯，所以他告訴爸爸剪輯過的事件版本：君士坦的記憶原本封印在他的腦海裡，當他認為需要這段記憶才能拯救朋友時，他便解開它，沒想到這卻壓垮了他，直到現在他才又可以掌控，再次封存記憶。

阿勒斯泰已經從位子上半起身。「我不喜歡聽到這樣的事，我們應該去找如佛大師，這裡的魔法師一定可以做些什麼，來確保這些記憶能夠原封不動或永遠移除。」

不可以，艾倫警告，**如果他們開始干預這裡，很難說會發生什麼事**。

「等等。」凱爾說：「他們對你說了什麼？有沒有說埃力斯的事？」

「那個成了混沌被噬者之後回來這裡的男孩？有，但是……」

「他們有沒有告訴你，他們期望我找出擊敗他的方法？」

阿勒斯泰跌坐到沙發。「你？但你只是孩子。」

「我是他們唯一擁有的喚空者。」凱爾說：「而且沒有人知道怎麼擊敗混沌被噬者。」

阿勒斯泰一臉驚懼看著他。「我的車子就停在外頭。」他低聲說：「我們可以一走了之，凱爾，你用不著留在這裡，我們可以在常人世界中輕鬆地隱姓埋名。」

「但是那樣的話——」凱爾說：「我想會有很多人死去。」

「但是你會活下來。」阿勒斯泰眼神急切。知道阿勒斯泰認為凱爾的性命比世界上任何事都重要，讓凱爾很高興。不過，可以讓凱爾顯得和君士坦、和莫高力有所不同的是，唯有付出性命。

然後他想起了自己在五行詩後面加上的那句話：**凱爾欲活**。他曾經一再又一再想到這句話，真是慚愧。現在，這句話似乎切中使他成了一個怪物的恐怖欲望。

好吧，是好幾個怪物。

凱爾，艾倫說，**大家都想要活著的**。

而且大家都理應活著，即使這意味凱爾得為此冒著生命危險。

「我真的得放手一試。」他告訴爸爸：「而且我甚至有了一個計畫。只是——我需要有幾個被噬者來幫助我，我認識一個火元素被噬者，但是我需要另外三者，其他三種元素的被噬者。」

「那他們會怎樣？」阿勒斯泰問。

凱爾搖搖頭。「他們會讓埃力斯脫離被吞噬，回到人類狀態，從混沌中回吐出來。然後他們就會處於跟我們其他人一樣的危險狀態，必須對抗一個極為憤怒的重返喚空者。」

阿勒斯泰眨了好幾次眼睛，最後他終於搖搖頭開口說道：「好，我有認識一個。」

「真的？」

「就在尼加拉瀑布。他當時加入戰爭，卻被吞噬了。如果我們跟他提這件事，他可能會聽從。」

「你可以開車嗎？」凱爾問。

「什麼？」阿勒斯泰說：「現在？」

「現在。」凱爾站起來，接著用力拍打朋友的房門，一一叫醒他們。

第十二章

一小時後，「幻影」便奔馳在州際公路上，小肆的頭垂靠在車窗，粉紅色的舌頭隨風飄動。凱爾跟小肆坐在前座，塔瑪拉、關妲和賈思珀在後座。

他們已經停車買了速食，現在大家膝蓋夾著冰涼的蘇打，撕開一盒炸雞分食。

「比地衣還好吃。」賈思珀啃咬一隻雞腿，愉快地說著。

車上的收音機轉到爵士樂電臺，凱爾頭往後靠，開始思索未來。打敗埃力斯之後，他就會約塔瑪拉出去，來一場真正的約會。她喜歡壽司，所以他們要去可以吃海鮮大餐的地方，然後，或許可以去看場電影或散散步，吃點冰淇淋。他開始懶洋洋地刻劃約會情景，卻突然想起腦海裡不是只有他一人，連忙改思索別的事。

他得幫小肆買一條新牽繩，對，這樣很好。

還有替我找到新身體，艾倫提醒他，**如果你想在我不在場的情況下親吻塔瑪拉**。

凱爾嘆氣。

「你們全是好孩子，這麼幫忙凱爾倫姆。」阿勒斯泰說，這讓凱爾覺得好丟臉，自覺像是七歲小孩。

塔瑪拉露齒一笑。「得要有人努力說服他遠離麻煩。」

「應該如此。」賈思珀說：「某人不是妳真是太可惜了。」

關妲捶捶他的肩膀。「你為什麼老是這樣？」

「大家都喜歡我。」賈思珀說。

「那瑟莉亞呢？」關妲質問，賈思珀頓時愁容滿面。「還是很氣你和凱爾做朋友？」

「我們會解決的。」賈思珀說。

「我聽說她也不喜歡你爸爸因為幫助死神敵而入獄。」關妲看到大家全盯著她時聳聳肩。「怎樣？我就是會聽到傳言呀。」

「我們會解決問題的。」賈思珀抿緊嘴巴。

「我想我不喜歡這個瑟莉亞。」阿勒斯泰說。

「事實上，我生病時，她有來探病。」凱爾說：「而且還跟我道歉。」

「真的嗎？」塔瑪拉瞪大了雙眼。

賈思珀似乎如釋重負。「我就說吧！」

關妲咯咯笑。「她跟凱爾道歉。」她說：「或許她會跟他約會。」

「可是——」塔瑪拉說。

賈思珀以無辜的眼神看著她。「可是什麼？」

「沒什麼。」塔瑪拉雙臂交疊，盯著窗外。天色變暗了，路上幾乎沒有其他人。衛星導航顯示他們來到賓州，接近阿勒格尼國家森林公園的地方，路旁是一排排高大細長的樹木。

阿勒斯泰愉快地斜眼瞄了凱爾一眼，但什麼話也沒說。接著話題又變了，凱爾還是沉默不語，只是仔細思考即將面對的事。

又開了半小時，阿勒斯泰駛出公路，進入一家附有餐廳的汽車旅館，霓虹燈廣告著櫻桃派和牛肉乾酪三明治。凱爾和其他人跟著阿勒斯泰走進旅館，阿勒斯泰確認大家進入各自的房間後，和他們約定四十五分鐘後到外面一起用餐。

凱爾才剛換上乾淨襯衫，正盡力用水撫平他亂翹的頭髮時，房門傳來敲門聲。是賈思珀，他穿著一件寫著「生氣的獨角獸也需要愛」的T恤。凱爾盯著他。「什麼事？」

賈思珀走進來，坐到床上。凱爾嘆息，在他的記憶之中，賈思珀向來不會等人邀請。

「是瑟莉亞的事嗎？」凱爾問。

「不是。」賈思珀停頓了一會兒說：「是我爸的事。」

「你爸爸？」

他爸爸仍跟約瑟大師的其他黨羽一起被關在圓形監獄，艾倫熱心地提供消息。

我知道！凱爾說，我只是不懂他為什麼要跟我說這件事。

或許他認為你有一張悲天憫人的面孔。

賈思珀繼續說：「一名聯合院成員告訴我，他們考慮把所有加入約瑟大師陣營的魔法師處死。」

凱爾倒抽了一口氣。「我——」

賈思珀焦躁地揮揮手。「你用不著在意。只是我們要進行這個解救教誨院的重大任務，如果成功的話，你就成了英雄。」他把雙臂交叉在胸前。「要是這樣，我要你向聯合院求情。他們會滿足你任何要求，你叫他們釋放我爸爸。」

有好一陣子，凱爾再次出現世界傾斜的那種奇異感受，但不是因為邪惡魔法師的記憶和他本身的糾纏在一起，而是因為這不該是他的角色。

他不是英雄，賈思珀不該請他幫忙，不該把他當成重要人士。

那是艾倫，應該是艾倫才對。

嘿，他腦海的聲音傳來，**我並不擅長擔任那個身分，以前的我也不擅長，只是當時別無人選，而現在除了你，也別無他人。**

凱爾點點頭。「如果我們完成這個任務，你也會是英雄，可以自己跟他們要求。」

賈思珀半信半疑。「你才是喚空者，你就直接告訴我說你會要求。」

「我不能要他們釋放你爸爸，但可以堅持不管他的審判結果如何，都不能處以死刑。」凱爾說：「我也可以堅持他必須經過審判，而且是一個公平的審判。」

賈思珀沉默了好一陣子，才重重呼出一口氣。「你保證？」

「我保證，你要不要手心吐口水來握手？」

賈思珀扮了鬼臉。「不用，我相信你。而且，那樣好噁心。」

凱爾咧嘴一笑，很高興賈思珀又恢復他正常的樣子。兩人一起走去汽車旅館附設的餐廳。阿勒斯泰和關妲、塔瑪拉已經到了，他們坐在雅座，已經點了飲料：阿勒斯泰喝咖啡，兩個女孩選了奶昔。

上方的燈光泛黃，不時閃動；亞麻地板也磨損龜裂。不過點心櫃後方，卻有充滿光澤的新鮮派餅，以及堆滿櫻桃和乾椰碎片的「高帽子蛋糕」，凱爾看得口水直流。

賈思珀坐到闞妲和塔瑪拉那一側，讓凱爾和阿勒斯泰一起坐。塔瑪拉在凱爾滑進她對面的位子時，對他露齒一笑。

女服務生回來替他們點餐，賈思珀點了橘子蘇打和培根巨無霸漢堡，塔瑪拉選了鮪魚三明治，闞妲是沙威瑪捲餅，阿勒斯泰要牛排加蛋，凱爾點了火腿排、巧克力碎片鬆餅、薯條，再加上兩個三分熟的漢堡外帶，準備給小肆。

「有新消息。」阿勒斯泰說：「我和如佛大師通過龍捲風電話，確認埃力斯的高塔就快完工了。他們認為可以拖延一下時間，但頂多再三天。如佛大師說，我們必須在這之前完成任務。」

「再三天？」凱爾尖叫：「我們怎麼可能這麼快找到三個被噬者？」

「我們先專注眼前的工作。」阿勒斯泰說：「想辦法說服盧卡斯，或許他可以指引我們找到其他被噬者。」

「但要是他沒法子呢？」凱爾問，這的確不是最英雄式的問題。

「你真的認為你的計畫可行？」阿勒斯泰問。

凱爾點點頭。

「那麼，我們就會想到辦法。」爸爸要他安心。

他們的餐點送上來了，但儘管看起來美味可口，凱爾卻食不知味。

那天晚上，他在床上翻來覆去，睡得斷斷續續。小肆舔舔他的臉，讓他知道牠陪在身旁。雖然有點幫助，但他還是一再醒來。窗外天剛亮，他就完全清醒了。前往尼加拉瀑布的時間到了。

*

幾小時後，凱爾喝完一大杯咖啡，又擠進阿勒斯泰的勞斯萊斯。今天車內比較少閒聊，氣氛顯得較為凝重。大家似乎充滿壓力，停在麥當勞吃午餐時，就連賈思珀也只吃了五個漢堡和一包薯條。

過了幾小時，除了小肆、凱爾和阿勒斯泰，車上的人都開始打盹。「對不起。」阿勒斯泰說，他往後視鏡瞄了一眼，確定其他人都睡著了。「在教誨院時，我不應該提議一走了之。」

凱爾嚇了一跳。「你一開始就是對的。」他說：「我根本不該去教誨院。」

阿勒斯泰搖搖頭。「不，約瑟大師終究會找到我們。我是鴕鳥心態，我錯了，那樣你就不知道怎麼保護自己。你可能會死掉，而你現在拯救了的這些人也會送命。」

凱爾沉默下來。他總是一直認為自己在對抗心中的邪惡，從未停下來思索自己可能做了多少善事。

道路不斷往前延伸，凱爾最後也睡著了，一直到了加油站，咖啡和微波肉桂捲的香味才讓他醒來。他喝了一些咖啡，伸展了一下身子，再去洗手間，然後決定用水龍頭流出淡褐色的自來水洗洗臉。

回到車上，他喝了更多咖啡，吃了三個淋了糖漿的肉桂捲。等來到尼加拉瀑布州立公園的停車場時，他已經有如蜂鳥飛離甜食，迫不及待想要離開座位了。

找到停車位之後，他們開始下車走路，沒理會水族館和其他有趣的事物，直接前往遊客中心。遊客中心解說，他們可以去觀景塔，想要的話，還可以搭電梯往下到尼加拉瀑布底部，搭船遊覽；甚至還有一個叫做「鴉巢」的地點，在那裡絕對可以讓人好好經驗水氣打在臉上的感受。

凱爾原本在想，那會不會是玻璃電梯，結果只是一般的金屬電梯。等他們到了底下，電梯門一開，轟隆隆的湍流聲迎面而來。他們急忙走上棧板，看到身穿鮮黃披風雨衣的觀光客在紅色木棧板上來來回回，而棧板連結著上行和下行人行階梯。

即使他們不是來觀光的，目睹如此逼近傾瀉的瀑布，還是讓凱爾嘆為觀止。水流擊打底部的岩石，激起一片白霧，急流以驚人的速度沖過瀑布下方的巨礫，奔騰遠揚。

「來吧。」阿勒斯泰低聲說道：「跟我來。」

他帶他們往下走了幾段階梯，在穿著雨衣的觀光客間低頭閃躲，大家全被水花淋濕，凱爾的腳開始發疼。阿勒斯泰刻意走向木棧板邊緣，示意要他們靠近，然後輕巧地翻過去。他接下來協助凱爾翻過去，這只是讓凱爾稍稍往下跳，隨後其他人、甚至小肆也迅速在他們身旁落地。

他們來到一條沿著水際而行的狹窄步道，步道上有種奇妙感讓凱爾知道這是一條魔法步道，正常人是看不到的。或許其實根本沒有其他人在這步道，或許其實步道上的腳印根本不是腳印，而是形似水元素符號的印記。

太陽出來了，在大家沿著步道行走時，逐漸曬乾他們身上的衣服。湍流聲淹沒了對話，他們只能大聲叫嚷。阿勒斯泰停下腳步，這裡的步道在一處小岬角突出接近水面。他雙手圈住嘴巴大喊：「盧卡斯！盧卡斯，有聽到我的聲音嗎？」

塔瑪拉倏然倒抽了一口氣。「快看！」她大叫：「那邊！有個小孩落水了。」

她急忙指著。

一名穿著黃色雨衣的男孩不知怎地滑倒了，儘管有防護措施和欄杆，他還是跌入在岩石上激起白沫的急流之中，有如落葉般打轉，就要被沖走。他的身影一度消失在水中，接著又浮上水面。凱爾看不出他是不是昏迷了，也看不出是否有撞上岩石。

「我們得想想辦法。」塔瑪拉衝向水邊說道。

「想辦法拉他起來。我和賈思珀會集中精神緩和水勢；關妲，妳確保不讓別人注意到。」凱爾說。

賈思珀點點頭。關妲皺起臉，凝神專注增強水氣，製造出隱藏一行人身影的濃霧；她接著又加強兩道彩虹，讓美麗的虹彩吸引旁人目光。這或許沒辦法轉移男孩家人的注意力，但可能表示不會有其他人目睹事情經過。

凱爾向來不是特別擅長水魔法，但他現在伸手探求，努力控制急流，為塔瑪拉清開一條道路。他見到賈思珀專心減緩男孩周遭的水勢，男孩已慢慢騰空，往他們的方向飄浮過來。

男孩張開雙眼看著他們，凱爾見到男孩的眼睛盈滿了水。塔瑪拉用魔法拉近男孩，但愈是接近，他看起來就愈不像是一般男孩。他的皮膚泛著漣漪，變得透明，彷彿毫無血肉。接著，他散落成為一灘水，只剩下黃色雨衣，不見男孩蹤影。

「什麼？」賈思珀質問。

一道噴泉從水中射出，然後顯現出人形。「你們通過我的測試了。」他以汩汩水聲說道：「好，你們有何要求？」

「盧卡斯，你認得我吧？」阿勒斯泰問。

「阿勒斯泰・亨特。」人形雖然是透明的，水卻形成他清晰的五官，甚至還有粗略的鬈髮輪廓。「真是好久不見。」

「這是我的兒子和他的朋友，我們有事相求。」阿勒斯泰說。

「有事相求？」

「我們需要你幫忙，現在有個混沌被噬者，他想要取代君士坦・喚豐的位置，和整個魔法世界交戰。」

「他想要傷害很多人。」賈思珀說：「或許想徹底摧毀整個人類。」

「那我能做什麼？」盧卡斯問。

「如果你願意和其他三名被噬者並肩作戰，就可以去除吞噬他的混沌。」凱爾說：「他就會重新變回一般的魔法師，我們就可以對抗他。爸爸告訴我，你有加入魔法世界大戰，而埃力斯是君士坦最後一個有力的黨羽，等他被擊敗之後，戰爭將可以真正結束。」

「那是當我還是人類的往事。」被噬者說：「但我現在不再是人類了。」
「你可以住在任何地方。」塔瑪拉說：「你卻選擇了這裡。」
「我喜歡尼加拉，喜歡瀑布和激流的力量。」
「還有人們。」塔瑪拉說：「你可以遠離人群，住在遙遠的大海和大河，甚至可以選擇一個偏僻的瀑布。但是沒有，你反而選了一個附近總是有許多人的地方；況且你是以人類孩子置身險境來測試我們。我認為，不管你變換成什麼，你都仍然關心人類。」
「或許如此。」盧卡斯在水中緩緩旋轉，關姐和賈思珀驚嘆地看著。「我發現我不喜歡人類被徹底毀滅的想法，我會幫助你們。」
凱爾如釋重擔。「太好了。」他說：「你認識其他被噬者嗎？像是其他元素的被噬者？」
盧卡斯蹙眉。「這聽起來不像是經過深思熟慮的計畫。」
「我們陣營已經找到拉雯，火的被噬者。」塔瑪拉急急說著：「我們只需要大地和大氣的被噬者。」
盧卡斯沉思，出現像是潑水聲響。「或許可以找葛瑞塔。」他說：「我最後一次聽到她時，她是定居在坦帕附近的一個沉洞。」
「葛瑞塔．庫茲明斯基？」阿勒斯泰說：「她成了大地被噬者？這是因為她喜歡塵土，還是痛恨人類？」

「泰半是因為痛恨人類。」盧卡斯說：「聯合院背叛了她，在對抗君士坦的戰爭中，他們舌燦蓮花網羅她加入陣中，但簽訂休戰協定之後，他們卻背棄了所有承諾。我可以告訴你們到哪裡找她，不過要以說服我的這種方式打動她可不容易。」

「太好了。」關妲嘀咕。「我就知道這次太容易了。」

「你不認識其他的大地被噬者嗎？」賈思珀問：「比較親切的？」

「不認識。」盧卡斯說。他信守承諾，仔細為他們指路，凱爾努力記下。「祝你們好運，等你們收集到所有需要的一切，就碰觸水，呼喚我的名字，就可以召喚出我。」

說完，他便融入水中，幻化成泡沫和水氣。

*

等他們終於走回阿勒斯泰的車子時，塔瑪拉的辮子已經可以擰出水。東張西望確定四下無人之後，她召喚了足以搭起小小營火的火焰魔法，好讓大家取暖。小肆倒是沒有加入，牠只是四處跑跳，不斷甩開身上的水。

「葛瑞塔是你的什麼人？」凱爾問阿勒斯泰。「前女友之類的嗎？」

「只是一個脾氣暴躁的同學，我想情況不會改變。」阿勒斯泰對著營火伸出雙手，像是心不在焉。「真是太糟了，她住在坦帕那麼遠的地方，你可是要開很長的一段路。」

「你要說的應該是，我們要開很長的路吧？」凱爾驚訝地問道。

阿勒斯泰搖搖頭。「我想我對大氣被噬者已經有線索了，但如果要及時趕回教誨院，時間不夠我們一起行動。你們只要確保說服葛瑞塔，我會再跟你們會合。」

「你要我開你的車？」凱爾問。「幻影」可是阿勒斯泰最鍾愛的寶物；他每個週末都會保養照料它，打打蠟或修修補補。凱爾真不敢相信阿勒斯泰放心讓他開這輛車。

「好好對待它。」阿勒斯泰說。他掏出皮夾，抽出一疊二十元鈔票，然後伸進口袋拿出車鑰匙。「你是好駕駛，也是好孩子，你不會有事的。」

凱爾看著他手中的鑰匙和鈔票，他想過建議用飛的，但也明白他們的魔法能力到不了那麼遠的地方，他們又沒時間找到可以載他們的元素獸。「那你怎麼辦？」

「我有朋友可以載我一程。別擔心，等你們回到教誨院之後，我就會帶著大氣被噬者在那裡等候。」阿勒斯泰拍拍凱爾的背，然後又改變主意，用力抱了他一下。「就快結束了。」

放開他之後，阿勒斯泰就向其他孩子揮手道別，然後吹著口哨，穿過停車場，走向大路。

「你認為他真的可以說動大氣被噬者？」關妲問。

「最好希望如此。」凱爾滑進勞斯萊斯的駕駛座，雙手握住方向盤。上一次坐在這個位子時，他還是小孩子，當時口中發出隆隆的聲音，佯裝在開車。

塔瑪拉坐到前座，讓關妲陪著賈思珀和小肆坐在後座。

他轉動鑰匙，腳踩油門，開車上路。

還記得之前你們都不會開車，我不得不開車的那一次嗎？艾倫問。

我還是不知道怎麼開。凱爾心中回應。

塔瑪拉轉動收音機，凱爾小心翼翼把車子開出停車場，開往公路。

「你有駕照吧？」關妲問。

「臨時性的。」他說。

「這是什麼意思？」她一臉擔憂，想要問清楚。

「就是臨時駕照。」他說：「因為被關，又被綁架，後來差一點死掉，況且還住在洞穴裡，所以我的練習時數不夠多。」

這番話似乎沒有讓關妲安心，但賈思珀倒是不擔心的樣子，他拍著小肆看向窗外。

「我喜歡公路旅行。」他看著窗外飛逝的景色。「有沒有公路旅行的遊戲？我們應該來玩一下。」

關妲用力捶擊他的肩膀。

「哎喲！」他大叫。

「這是『尋找金龜車』（美國的一種車內遊戲）。」她微笑。「怎麼？我以為你喜歡公路旅行的車上遊戲。」

他伸手搔她的胳肢窩，惹得她咯咯大笑，只能扭身閃躲。小肆跟著吠叫，努力重新找到位子坐好。

「關妲真是太棒了。」凱爾看著後照鏡，對塔瑪拉說：「終於有人比我更不喜歡賈思珀了。」

塔瑪拉翻翻白眼，一副他不光只是錯了，還可能是腦殘。凱爾不知道自己說的話哪裡蠢，也不想承認，所以只好盯著路面看。

或許她在嫉妒吧，或許她不想要聽到他讚美別的女孩子。但是塔瑪拉看起來不像是特別不自在，她靠著窗，頭髮綁成整齊的法式辮，望著行經的車子，臉上浮現微笑。

只是，幾小時過後，沒有人笑得出來了。他們坐立難安，既無聊又好餓。路線把他們帶回原路，需要再次駛經賓州，穿過西維吉尼亞、維吉尼亞、北卡和南卡羅萊納，最後穿過喬治亞州，抵達目的地的佛羅里達州。這要花上一整天，就是十八小時的車程，才能抵達目的地。凱爾估算可以把路程分成兩天的長途車程，中間再找旅館休息。

他終於轉進一家「塔可鐘」速食的停車場，勞斯萊斯在熄火時微微頓了一下，讓凱爾緊張起來，他可不希望得自行修理這輛惡名昭彰的龜毛車子。

「我的屁股都麻了。」塔瑪拉爬出車外時說：「我們隨便去外帶一些食物，然後就找地方睡覺。」

他們全都餓得要命，最後買了一堆蘇打汽水和塔可餅，腳步蹣跚回到車上。賈思珀試著用手機替大家找到旅館，經過許多大聲叫嚷，然後凱爾又開錯方向，不得不掉頭回去，才終於抵達「紅頂旅館」，賈思珀已先用他爸爸的信用卡訂了僅餘的三間空房。

「塔瑪拉和關妲可以住同一間。」他宣布。「而我和凱爾各自單獨一間。」

大家紛紛表示不滿，但賈思珀指出，房錢是他付的，所以他要自己一間，要是女生有人想跟凱爾睡同一間，那請自便。最後，他們在遠方太陽西沉時，到汽車旅館的庭院吃完冷掉了的塔可餅和乾酪辣味玉米片。

那天晚上，凱爾在床上躺了好久想要入睡，他感覺到一切像是沉沉壓在肩膀上的重擔。他實在很難保持專注，想到大家會來到這裡全是因為他，大家必須對抗埃力斯也是因為他，他甚至可能是這世界所曾發生過的一切壞事的根源。

這算是一種誇飾說法。

不是你認為的那樣，艾倫說。

門上傳來敲門聲。凱爾拖著身子下床，心想賈思珀是不是又來要求幫忙。但來人不是賈思珀，而是塔瑪拉。

「我可以進去嗎？」她緊張不安地說。她穿著睡衣，踩著毛茸茸的拖鞋，肌膚在桃紅色睡衣的映襯下，顯得閃閃動人。

「我，呃。」凱爾說。

哦，就說好呀，艾倫不耐煩地說。

「當然。」凱爾說，閃身讓塔瑪拉通過。他很高興自己穿的是較不破舊的運動褲和乾淨的T恤；而且還沖了五次澡，因為在尼加拉瀑布淋濕全身後，他還是覺得好噁心。

塔瑪拉進來之後，挨著床邊坐下。她坐在那麼邊緣的地方，簡直像快滑下來了。

「凱爾。」她說，一邊撥弄脖子上的項鍊。「聽著，我想跟你談談——」

「妳願意當我的女朋友嗎？」凱爾脫口而出。

哦，不，不是現在，艾倫呻吟。

「住口。」凱爾說。

塔瑪拉揚起眉毛。「我知道你是在跟艾倫說話。」她說：「或許應該等到我們兩人獨處之後，再來進行這個對話。」

哦，繼續吧，艾倫說，**我又沒有別的事好做**。

「艾倫說，反正他又沒有別的事好做。」

「我不太確定這樣算是浪漫。」塔瑪拉說。

「但重點是——」凱爾說：「妳了解我，打從一開始就了解我，而且總是能看到最好的我，即使我曾經是十七個不同的邪惡魔法師。」

十八個，艾倫說，**但誰想算呀？**

「妳知道關於我的所有實情。」凱爾說：「所有實情，除了艾倫之外，沒有人知道的一切。而且妳還是始終……呃，或許不是一開始就這樣——相信著我。塔瑪拉，妳讓我想要向善，讓我想要拯救世人，就算只是為了博取妳的歡心。」

「不是因為你真的想要拯救他們？」她問。

凱爾有種感覺，或許他這番話有點偏了。「還是有一點啦，或許有時候？」他回答。「其他時候，我好希望會有別人來做。」

「很好。」她面露微笑。「繼續。」

「嗯，我想要約妳出去。我知道我為妳的生活帶來了許多詭異的事，而且我現在還被我們最好的朋友附身，更別提還有死神敵這檔事，所以我了解妳可能也受夠我了。但是，假使妳沒有，假使妳想知道我的感覺的話，我希望妳當我的女朋友。」

塔瑪拉的微笑略顯遲疑。「凱爾，我真的很喜歡你。」

哦，哦，艾倫說，這完全沒有激勵到凱爾。

「沒關係。」凱爾打斷她，因為如果他已經知道答案，他就不需要聽到她說出來。「妳現在用不著回答，想想看就好，等我們處理完埃力斯的事再告訴我。」

她沉默了好長一段讓人揪心的時間，然後嗖地呼出一口氣。「你確定你想要等？」

凱爾點點頭，然後佯裝打了呵欠。「我們應該去睡一下了。」他說。

塔瑪拉湊上前來，在他的臉頰上親了一下，讓他既激動又疑惑。等她離開之後，他感到一陣後悔。或許他應該叫她回來，聽聽她到底會說出什麼可怕的事。

但是他沒有。

而他也沒怎麼入睡。

第十三章

佛羅里達又悶又熱，「幻影」沒有空調，所以他們只好一直開著窗子，不斷搧風。他們開車經過塔拉哈西，來到索普喬皮河附近一片沼澤地帶，盧卡斯說葛瑞塔就住在這裡。

凱爾轉進賈思珀手機的衛星導航要他走的一條路，但他開得膽戰心驚，路面沒有鋪設柏油，十分顛簸，完全不適合優雅的老車行駛。

路順著河流前進，咖啡色的河水平順無波。周遭淨是苔蘚垂條的柏樹，樹根彷彿手指伸入水中。一條蛇——凱爾認為應該是銅頭腹蛇，悠然游過一簇蓮葉，行經凱爾認為可能是短吻鱷鼻子的東西。

路面很快變得泥濘，路徑變得非常不明顯。

「你確定是這條路？」凱爾問。

「可能吧？」賈思珀說：「衛星導航似乎要我們再次轉彎，但這裡沒有彎道呀。」

勞斯萊斯速度慢了下來，部分是因為凱爾踩著煞車，部分是因為路面的泥濘愈來愈深。凱爾有種不安感，覺得車子像是慢慢陷進泥巴之中。

「我們應該下車。」塔瑪拉說：「快點。」

「不能讓車子卡在這裡。」凱爾說：「如果我沒把我爸的車開回去，他會殺了我。」

「我們到底知不知道這是哪裡？」闕妲問。

「我的手機知道。」賈思珀說：「但或許從這裡開始，我們最好還是用走的。」

他們全都下了車，感覺腳步滑溜，等撤離車子之後，它像是更加下陷了。

「那是流沙嗎？」塔瑪拉問。

「啊！」凱爾抱頭大叫。「我以為流沙只會出現在電影裡，而且是在糟糕的電影，沒想到它是真的。」

「我們可以用魔法救出車子。」闕妲提醒他。現在輪胎已幾乎完全沉沒。「大家集中精神。」

闕妲、賈思珀和凱爾全都召喚大氣魔法，而塔瑪拉則汲取大地力量。凱爾專心讓風抬起車子，讓它在泥濘和金屬之間形成一道近乎實體的薄板。一陣噁心的滑溜聲後，車子從沼澤彈出來，被推向幾呎外的僅存沙土路面，然後在他們收回魔法時，驀然掉落。

勞斯萊斯撞向地面的啷噹聲和金屬摩擦聲，讓凱爾畏縮了一下。它還能開嗎？他們剛才在車子底部造成了多少凹陷？

現在沒時間擔心這個了。

「走這邊。」賈思珀舉起手機說道。大家跟著他走在沿著索普喬皮河岸而行的小徑，而耳中不斷傳來昆蟲的嗡嗡聲、青蛙的呱呱叫聲，以及上方持續的啁啾鳥囀。背部溽熱沉重，而蚊子成群飛舞，發出高頻的哀號聲。凱爾有了一種惡劣的想法，或許盧卡斯只是要他們白費力氣，或許根本沒有葛瑞塔。

賈思珀停下腳步，搖搖手機。

「怎麼了？」塔瑪拉問。

他又搖了一下。「沒有訊號。」

「別開玩笑了。」關妲對他說：「現在怎麼樣？我們接近了嗎？你可知道我們要去的地方在哪裡？」

「在那邊。」賈思珀說，往對岸一處灌木林概略揮了一下。

「葛瑞塔！」凱爾大喊，驚起附近枝頭的許多鳥兒。讓人擔憂的是，其中至少有一隻是鷙鷹。「很抱歉打擾妳，但是盧卡斯說妳或許可以幫忙我們！」

沒有回應，凱爾深感挫敗，彷彿自己辜負了所有人。儘管事實上，搞砸一切的人是拿手機出主意的賈思珀，凱爾張口想要指出這一點。

別這樣，艾倫說，沒時間去責怪別人了，而且，我敢說他也一定很不好受。

凱爾皺著眉頭看向賈思珀，他還是在到處揮動手機，看起來沒什麼事，但凱爾假設艾倫是對的。

「我們可以游泳渡河。」賈思珀建議。

「免談。」闗妲說：「我敢保證，河裡都是鱷魚。」

「我們可以飛過去。」凱爾說：「看看能不能發現什麼。」

就在這個時候，河面激起了一陣漣漪。他們全都停了下來，目不轉睛看著。

他們現在站在河彎處，河水本身成了灰黃的泥水，河岸邊聳立著高大的柏樹。

「或許是鱷魚。」闗妲緊張地說：「有時候牠們會爬上岸來吃人。」

「妳對鱷魚怎麼知道這麼多？」賈思珀質問。

「因為我痛恨牠們！」她說：「牠們就像長著大量牙齒的恐龍——那是什麼？」

水中的漣漪已經變成漩渦，繞著突出河流生長的柏樹打轉。突然間，出現一聲碰撞、吸入的巨大聲響，有如火山內部爆發，樹木紛紛沉入水中。

「那是沉洞。」塔瑪拉說：「我看過它們的影片，快退後！」

他們全都往後退，驚異地看著樹木和河岸邊緣土壤伴隨一聲令人反胃的巨響，被拉入逐漸張開的沉洞。林木嘎吱嘎吱散碎，枝葉紛紛斷裂，被拖入水底。水面不斷攪動，浮現一個龐然大物。

那是一個全由泥巴塵土形成的巨人。凱爾目瞪口呆看著巨人起身凌駕眾人，身上滑下許多不斷跳動的魚兒和大蟲。當巨人張開兩顆土黃色的大眼睛時，沼澤上傳來如腐爛垃圾的惡臭。

「她想要嚇跑我們。」在其他人作嘔欲吐、蹣跚後退時，塔瑪拉阻止大家。「盧卡斯說她痛恨人類。」

「這很管用。」賈思珀揉著被熏到流淚的眼睛。「我嚇壞了。」

「魔法師，快滾。」葛瑞塔說，聲音轟隆隆晃動。更多的泥巴剝落，咚咚咚落入沼澤。

凱爾清清喉嚨。「很高興見到妳。」他大喊：「那個，呃，泥巴和蟲子非常酷，非常，呃，威力十足的樣子。」

葛瑞塔伸出手，把一棵樹木折成兩半。

「這就是你脊椎的下場。」賈思珀咕噥。

奉承是沒有用的，艾倫說，而且我敢說聯合院也不會讓她欣喜若狂。

「聽著。」凱爾說：「很抱歉打擾妳，但我們別無選擇，我們需要妳的幫忙。」

葛瑞塔眨動眼睛，泥土崩落水中。「我為什麼要幫助你們？」

「我們知道教誨院在戰爭中拋棄了妳。」凱爾說：「任由妳成了被噬者，又把妳逐出門下。」

葛瑞塔點點頭。

「現在有一個混沌被噬者。」凱爾說：「他的名字叫埃力斯，教誨院正在為他打造一座宏偉的黃金高塔，再過幾天，我們全都要被遞交給他，好讓他殺掉我們。」

「不是這樣。」塔瑪拉反對，但又猶豫了一下。「其實，我想技術上說來是這樣沒錯。」

「我有什麼好在意的？」葛瑞塔說，但是語氣卻像是比較若有所思。「魔法師為我做過什麼？」

「有兩名被噬者會協助我們。」關妲說：「火的拉雯，和水的盧卡斯。」

「聯合院將不得不承認妳以往的貢獻。」凱爾說：「他們將會為過去對待妳的方式感到羞愧。」

葛瑞塔發出低沉的轟隆聲。凱爾發現惡臭已經消散，而且葛瑞塔看起來也略顯不同，不再散落蟲魚；岩石的身體稜線開始上下綻放出花朵和色彩鮮豔的蘑菇。

「聯合院必須承認其羞愧的作為。」葛瑞塔說：「我們是被噬者，不是元素獸。我們是魔法師，我們不該被關入大牢，不該被當成怪物。」

「這將是展現被噬者不是怪物的一個途徑，證明他們也可以拯救人類。」凱爾說：「而且要是不阻止埃力斯，很難說他還會摧毀什麼。他可以毀滅整個世界，這也會影響到妳和其他的被噬者。」

葛瑞塔發出轟隆隆的沉思聲音。「混沌被噬者喜歡青蛙嗎？」

他們全都緘默不語。他喜歡的話，是比較好還是不好呢？

我想你應該說不喜歡，艾倫說，**埃力斯其實什麼也不愛**。

「他可能也想摧毀牠們。」凱爾說。

「那麼就應該阻止他。」葛瑞塔說：「我喜歡青蛙，牠們是我的朋友。」

「告訴我們怎麼召喚妳。」凱爾說：「我保證，唯有聯合到所有被噬者，準備攻打埃力斯時，我們才會召喚妳。」

凱爾腳間的土壤中，有東西鑽了出來，那是一塊如晶洞般的閃亮石英。

「把它砸向岩石。」葛瑞塔說：「我就會出現在你的所在之處。」她懶洋洋拍打水裡的東西，原來是一隻鱷魚，牠長滿尖牙的綠色頭部匆匆從水面揚起。「我期待見到所有魔法師羞愧的表情。」

等她再度潛回水中，賈思珀吐出了一口氣。「但願這是好主意。」

「我們沒死。」關妲說：「這必定有其重要性。」

他們設法安然經過鱷魚、青蛙和腳底下出現的巨大坑洞，回到萊斯勞斯。車子沒有被另一個沉洞吸進去，更棒的是，當凱爾啟動引擎，車身開始顫抖發動。車子的聲音聽起來跟阿勒斯泰剛借他時不太一樣，不過還是可以行駛，足以讓他們駛出這條泥土小路。

等他們開到公路，車子嘰嘰嘎嘎的聲音變得更為明顯了，凱爾猜想大概是風扇的緣故。他還是繼續開車，但以防他猜得沒錯，就朝著引擎施展了一些冷卻魔法。

他們往北行駛，全身泥濘、被蚊蟲叮咬，而且筋疲力竭。他們在維吉尼亞州界停下來買了更多的速食，努力在當天晚上回到了教誨院的洞穴。

黃金高塔聳立天際，在月光底下，看起來已經完工。

他們還有一天的時間，再一天他就要再度面對埃力斯。

凱爾把阿勒斯泰的車子停在前門附近空地的角落，就和小肆、其他門徒一起進入學校，大家甚至累到沒辦法交談。凱爾原本打算去洗個澡，但當他們回到寢室，他立刻倒頭睡在床上，牛仔褲上仍沾著乾掉的泥巴。

第十四章

隔天早上，凱爾梳洗過後，心中七上八下，就到大食堂去吃早餐。塔瑪拉、賈思珀和關妲也跟著一起去。

「我以為你爸爸會在教誨院跟你會合。」賈思珀說。

「我確定他會的。」凱爾告訴他，努力注入信心。或許阿勒斯泰已經回來了，他們昨天太晚回來，或許他是住在學校的另一個區域，或許他們只是還沒看到他。

凱爾在餐盤裡堆滿了蘑菇和地衣，但坐下來之後，卻感覺沒什麼胃口。他擔心要和埃力斯對決的事，擔心他給葛瑞塔的承諾，擔心一切。

就在這個時候，柯頓趾高氣昂走過來他們這一桌，紅髮閃亮得跟新銅板一樣。他兩名朋友也跟了上來，只是沒有太靠近。「我們都在打賭，看你們是不是全逃走了。」

「我希望你沒有輸太多錢。」凱爾說：「且慢——其實我是希望你輸的。」原本柯頓前來騷擾應該會讓他很煩悶，但凱爾緊張的時候，卻會變得暴躁易怒，有人可以讓他宣洩怒氣倒是很有幫助。

「我們一直在談論也記得埃力斯以前是什麼樣子，是一個又酷又親切的傢伙，他永遠不會做出那樣的事。」柯頓冷笑。

塔瑪拉瞪了柯頓一眼，目光凶狠到凱爾訝異柯頓的頭髮怎麼沒著火，而且不用藉助魔法。

「那麼你何不去跟你的老朋友埃力斯談談？」凱爾起身。「如果你們是這麼好的朋友，或許他可以讓你做第一號手下。」

賈思珀大笑。

柯頓看起來更加火大了。「如果他真的像你說的那樣，我知道那一定跟你有關。你一定對他做了什麼事，讓他墮落，你是邪惡的化身。」

「哦，夠了。」瑟莉亞說，她走過來，手搭在柯頓的手臂上。「凱爾明天要做一件勇敢的事。」

柯頓看了她一眼。「可不要妳也一樣。」他說完就怒氣沖沖離去。

「祝你好運。」瑟莉亞輕聲對凱爾說道，就跟著柯頓離開，臨走前往賈思珀方向投以一個怪異的眼神。

「這是怎麼回事？」塔瑪拉問。

賈思珀聳聳肩，像是很尷尬。「她今天早上來找我，或許我們解決不了問題了。」

凱爾實在心不在焉，所以沒能理解賈思珀的愛情生活。他一直想著埃力斯，想著自己以前是那樣認為埃力斯友善、有趣又親切。他以為埃力斯是好人，就跟艾倫一樣。不過，那全是表面，是佯裝，埃力斯的靈魂自始至終都是邪惡得可怕。

我們全都認為他很和善，艾倫說，他就是要我們這麼想的。

當然，凱爾也有個邪惡的靈魂。或許柯頓對凱爾的邪惡手法說得沒錯，因為他突然知道要怎麼獲勝了；而這不是一個可以稱之為良善的計畫。

「塔瑪拉。」他說：「我可以跟妳談一下下嗎？」

就在此時，如佛大師走向他們這一桌。「你們全都回來了，總算讓我放下心。我接到凱爾爸爸的訊息，說他延誤了，明天會到。而今天，聯合院想要見你們，你們所有人。他們想要確認最後計畫，如果你們用完早餐了，就跟我來。」

塔瑪拉、關妲和賈思珀都起身，跟著如佛大師走出大食堂。途中，凱爾把手放在塔瑪拉的手臂上。

你確定嗎？艾倫問。

「我有事跟妳說。」凱爾告訴她：「因為我們之間不要有任何秘密。」

在跟聯合院見面的路上，他輕聲向她說明自己心中的盤算。她沒有駁斥他，即使在他認為她應該會反對的時候，她也沒跟他說這樣不對。

她只是這麼問：「你認為這會成功嗎？」

「我希望是。」凱爾說，然後他們就走進去面對聯合院。

*

聯合院成員總是神情嚴肅，現在看起來更像是在參加葬禮了。凱爾來回看了一下木製長桌，確認面孔，有教誨院的眾位大師、瑞賈飛等的知名家族人士，以及主持會議的葛雷夫。

「亨特先生。」葛雷夫說，示意要凱爾和塔瑪拉過去站在長桌面前。桌子位於高臺，所以聯合院可以俯視他們，有些人面無表情，有些人帶著憐憫。「我們了解你們已經籌策了一個計畫。」

「沒錯。」凱爾告訴他，努力展現從未想過自己會擁有的權威。「我們打算從混沌拉回埃力斯。」

「你認為你們可以讓他脫離被噬者？」奇姬大師問。「這真是前所未見。」

「事實上，曾經有過。」凱爾說：「這需要各代表一種元素的四名被噬者。」

「而你需要我們提供我們牢裡的被噬者？」葛雷夫說：「這不可能。」

「用不著你們。」塔瑪拉氣憤地打斷他。「我們已經組成了自己的團隊。」

「雖然你們的確曾經答應要配合我們，並且幫助我們。」凱爾加上一句。

「我們答應不妨礙你們。」葛雷夫說：「而我們的確沒有。」

「那麼你們最好現在也繼續保持。」凱爾說：「因為這整個計畫需要我、塔瑪拉和賈思珀聽命於你們，而做為交換，我們有所要求。」

「什麼事？」向北大師說。

「我們要留埃力斯．史特賴克活命。」凱爾說。

大家開始交頭接耳，凱爾聽到「叛徒」、「不可能」，以及一如既往的「死神敵」等字眼。他怒火中燒，他放任自己感受這個情緒，這比害怕來得好。

我可不是你們認為的我，他心中對著聯合院這麼想，**我可是壞多了**。

塔瑪拉壓過嘈雜聲浪高聲說：「我們得知埃力斯或許無法控制自己，或許他受制於別人，或許他從不是**自願**做這些事。」

賈思珀的頭猛然轉向凱爾，關妲皺著眉頭，如佛大師也是如此。他們顯然都想插嘴，不過都沒有。

「他有可能受制於什麼人？」葛雷夫質問：「我們全都見過他上戰場，我們全都見過他率領混沌軍團。而且要是他曾受制於約瑟大師，咒語也會在約瑟死亡時解除。」

凱爾深深吸了一口氣。「是他的繼母，安娜絲塔西亞．塔昆。」

大家全都瞪大了眼睛，面面相覷。安娜絲塔西亞曾經是他們其中一員，直到上一次戰役，他們才發現她是叛徒，才得知她的真實身分。她其實是君士坦．喚豐的母親，私下協助約瑟大師掌控凱爾，希望凱爾藉此想起他的過去。

「我們只要求你們同意，要是他落敗，並且發現他的行為不是出於自我，他就不會被丟進圓形監獄。」凱爾說：「我知道明明是被環境逼往那個方向，自己明明毫無選擇，卻被冤枉、被人們認定是邪惡化身的感覺。」

「你真的相信埃力斯是這樣？」如佛大師富有表情的眉毛挑得高高。

「我知道覺得像是無法回頭，無望可以重新做人是什麼感覺。」凱爾努力擺出最富同情和英雄式的態度，卻擔心這看起來其實只像是拚命睜大眼睛。而另一方面，他的眼睛也沒辦法比賈思珀瞪得更大了。

「如果你相信你可以擊敗埃力斯，並且留他活命。」葛雷夫說：「那你相信可以讓他入獄？」

「這太荒謬了。」瑞賈飛先生不敢置信地瞪視。「他仍將是一個不受控制的喚空者——」

「不，不會這樣。」凱爾急急回答：「除去他身上所有混沌能量，也會除去喚空者的力量，他將成為一般的魔法師。」

葛雷夫緩緩地搖搖頭。「這太瘋狂了。」

「想想他所知道的事。」塔瑪拉突然開口。「約瑟大師所有的魔法、安娜絲塔西亞的秘密，要是他死了，我們就永遠無法得知這些事……」

葛雷夫眼睛發出精光。「你們要了解一件事。」他說：「要是他有反叛或抵抗之意，我們就必須殺了他。」

「當然。」凱爾說：「我們明白。我們只是想說，他是一個好人，卻受困於安娜絲塔西亞的命令。」

「制伏他之後，我們就要他前來聯合院，說明他所有罪行及安娜絲塔西亞在其中所扮演的角色，然後我們才會決定要相信什麼。」葛雷夫說。

「我了解。」凱爾說：「謝謝你們。但還有一件事，我希望你們改變對待被噬者的政策。」

「你不是認真的吧！」向北大師說。

「我是。」凱爾說：「如果他們要來協助我們打敗埃力斯，就會想要得到公平對待，而不是被當成罪犯和怪物。」

「他們大多默默住在元素之中。」賈思珀突然開口：「沒有人說你們不應該逮捕做壞事的被噬者，但是不給他們機會，就認定他們邪惡是不對的。」

「這是為了妳姐姐。」葛雷夫瞇起眼睛看著塔瑪拉。「是不是？」

「拉雯是一個好的典範。」她倔強地說：「她從來沒做過任何壞事。」

賈思珀突然咳嗽，聲音聽起來像「劫獄」，但凱爾和塔瑪拉都不理會他。

「她幫忙我們擊敗約瑟大師。」塔瑪拉說：「為此，她一直受到追捕。」

「她很危險。」葛雷夫說。

「很多事情都很危險。」瑞賈飛太太的語氣乾澀。她的丈夫看向她，彷彿有事想跟她溝通，但她只是直視前方。「儘管聯合院可能會認定我的決定偏頗，我只是想說，了解拉雯之後，讓我知曉被噬者雖然已不是原來的自己，但他們也不是元素獸。我們應該善待他們，我們可能從中獲得更好的盟友。」

葛雷夫清清喉嚨。「這太不合乎規則了。」

凱爾只是繼續等待，不願退讓。

「我們會加以討論，再通知你最後的決定。」葛雷夫最後終於不悅地說：「而現在，我們想要祝福你們明天順利。我們隨時待命援助，只待埃力斯被……制伏。我們會在場，做好防護，確保埃力斯無法再喚來更多混沌生物，我們將見證你們的英勇。」

但是我們不會去幫忙你們。「哦，多謝。」凱爾說：「很好，等我們完成之後，就會回來討論我們的獎賞。」

「**獎**賞？」葛雷夫發怒。「什麼獎賞？」

「我們會讓你們知道。」凱爾保證，然後朝賈思珀的方向露齒一笑。如果他們設法完成剩下的事，讓賈思珀的爸爸出獄將是小事一樁。

然後，他們一起離開聯合院。離去時，凱爾聽到如佛大師遭到連番拷問，讓他略感歉意。不過，當他還在緊張計畫能否順利進行時，實在不太容易覺得很內疚。

「剛才那是怎麼回事？」關妲問。

「妳是什麼意思？」凱爾一臉無辜地問。

「你真的認為埃力斯被別人控制？」她一隻手扠在臀上，給他的表情像是在說，她可以從他的肢體動作判斷他是否在說謊。凱爾希望她沒辦法。

「或許吧。」他說。

「很好。」她說：「用不著告訴我，我要回房間了。賈思珀，來吧。」她用力走開，令人訝異的是，賈思珀不發一語就跟上去了。

塔瑪拉嘆息，像是深感歉疚。

你知道我們的計畫還沒完成，對吧？艾倫在凱爾的腦海說。

什麼意思？凱爾問。

呃，你不會喜歡的，但是你還必須去找一個人加入。

誰？凱爾問。儘管他已經有了不好的預感，知道這會是誰了。

安娜絲塔西亞．塔昆，你必須說服她支持你的說法。

她不會接受的。

凱爾向塔瑪拉說明安娜絲塔西亞的事，以及艾倫是怎麼認為他們應該和她聯絡。

「但我甚至不知道要怎麼做。」

「我們應該打電話給她。」塔瑪拉說：「用龍捲風電話。」

「這不可能管用的！」凱爾說：「埃力斯可能帶她一起出去做壞事了，我可不認為她會無所事事，只是等著接電話。」

「嗯，如果不管用，我們再試試別的辦法。」塔瑪拉說著，就改變方向走向如佛大師的辦公室。

我不想這麼做，他心想，**我從來不知道要跟她說什麼。**

聽著，艾倫說，**我在寄養家庭待過一陣子，我知道怎麼跟那些希望你叫她們媽媽的人說話。**

凱爾沒有爭辯，只是跟著塔瑪拉到如佛的辦公室。這條路沿著地下河流而行，他想起第一次和塔瑪拉、艾倫一起航行這條河的事，當時他們和如佛一起搭船，驚奇地看著如佛召喚水元素獸推動船行，凱爾記得塔瑪拉和艾倫的笑聲迴盪在洞穴岩壁之間。

那是我們如水彩般的朦朧往事，艾倫說。

凱爾哼了一聲。他們已經來到如佛大師的辦公室，塔瑪拉開著門讓他跟著入內。龍捲風電話放在如佛的書桌，凱爾第一次注意到它旁邊擺了一張相片。相片中站著的如佛摟著一位戴著金邊眼鏡的男人，那男人看起來很不錯，像是可能擁有書店或電影院的類型。凱爾心想，當他發現自己原來是和秘密的魔法忍者結了婚，會有怎樣的感覺。

塔瑪拉伸手放在電話的玻璃容器上，容器裡面是一個不斷旋轉的龍捲風。「安娜絲塔西亞・塔昆。」她說。

玻璃裡的煙霧開始打轉凝聚，凱爾見到像是時尚Loft宅的輪廓——那是一個使用了大量木頭和鍍鉻材質，還有一扇大型觀景窗的寬闊空間，凱爾猜想那是在紐約市。安娜絲塔西亞站在一個大金屬水槽前，煙霧對焦她的臉，只見她驚訝地抬起頭。

「是誰？」她環顧四周，不悅地問道。

「是我，凱爾倫姆．亨特。」

安娜絲塔西亞的表情變了，她遲疑了一下，然後說：「現在說話不安全，他隨時可能回來。」

「她說的是埃力斯。」塔瑪拉小聲說。

跟她說，你很想念她。艾倫說。

「我很想念妳。」凱爾說，心中卻想著，她才不會相信呢，畢竟他拒絕去探監，但她的表情卻軟化了。

「到撥亂反正師的廢棄村莊見我。」她說：「我們可以約在那裡說話。」遠方傳來開門聲。她狂亂地對他們揮手。「快走！一小時後見。」

塔瑪拉從玻璃容器上移開手，裡面的影像立刻化為一溜煙，但凱爾還是瞥見埃力斯走進來。即使透過電話的機械裝置，他似乎仍發散出黑暗。

「我覺得好不舒服。」凱爾凝視著煙霧。

「不會比我們跟她談過之後的感覺還不舒服。」塔瑪拉就事論事。「村莊相當遠——我們該走了。」

「我認為妳不應該一起去。」凱爾說，知道她不會喜歡這樣。

「我當然要去。」她說：「少荒謬了。」

「這可能是陷阱。」凱爾說：「雖然我認為不是，我相信她是真誠的，只是她也可能為了保護我的安全而決定再次綁架我，不能排除這種可能性。」

「那麼我會在那裡幫忙你脫身。」塔瑪拉說。

「但要是安娜絲塔西亞真的來了，我單獨一個人赴約，才比較有可能說服她。」凱爾嘆氣，他跟塔瑪拉的想法一樣，也不想要自己一個人去，卻知道應該如此。

至少你還有我。艾倫說。

「好吧。」塔瑪拉說：「我不會陪你到村莊，但是我要站在山坡上，確定沒有意外。如果安娜絲塔西亞要綁架你或背叛你，至少我可以通知別人，至少我們可以去救你。」

凱爾嘆息。「好。」

他的感覺仍舊壞透了。

他們從任務門溜到外面。在外出的路上，他們和一些學生擦肩而過。凱爾注意到還是有人交頭接耳，但不像是壞話，他們沒有皺眉頭，也沒有驚駭的表情。看起來就像凱爾以前那樣，只是目送高年級學生外出進行重要任務。

兩人一起穿過樹林，每當其中一人要橫越岩石路面或跳過圓木，塔瑪拉就會牽凱爾的手。凱爾想著她來他旅館房間的那天晚上，想到兩人還沒完成的對話。或許他該說點什麼？但現在可能不是提起兩人關係的最好時機，因為在他見到安娜絲塔西亞的時候，對方還是很有可能用大氣魔法爆開他的頭。

來到山坡時，他仍努力想著要說什麼。

塔瑪拉湊過來，親吻他的臉頰。「這是祝你好運。」她對著他驚訝的表情說道：「也祝艾倫好運，你們一定會做得很好的。」

這句話聽起來有點詭異，但他還是很高興能聽到。「如果妳聽到恐怖的驚聲尖叫，那就是我。」凱爾說完就走下山坡。

安娜絲塔西亞已經站在撥亂反正師的荒廢村莊裡，身後飄浮著一隻大氣元素獸。和上次來這裡的時候相較，村莊的房舍似乎更加破敗了，土地似乎更加雜草叢生，當時他們在這裡對抗埃力斯，艾倫因而喪命。再次來到同一個地方，雙方又帶著相似的立場，實在令人膽怯。

這還用說嗎，艾倫說。他的語氣有一種令凱爾擔憂的緊張不安，畢竟他們來到艾倫死去的地方。他努力撇開這個思緒，這樣艾倫就不會知道。

安娜絲塔西亞看到凱爾出現，露出微笑，而他也回報笑容。他努力抱持同感，畢竟，儘管君士坦的種種行為，她還是愛他。儘管在他成了怪物，完全變成了另外一個人之後，她的愛還是深厚到足以把他帶到教誨院，她還留在幕後工作以確保他的安全。她愛著君士坦的方式，就有點像阿勒斯泰對凱爾的愛一樣，只是凱爾不認為阿勒斯泰會忍受死神敵的所作所為。但是，或許他錯了，或許即使他是大魔王，阿勒斯泰還是愛他。

凱爾不知道自己想要相信什麼，但這的確讓他稍稍為安娜絲塔西亞感到難過。跟她說我們解開了一些記憶，艾倫說，但不要跟她說是哪一些；跟她說你很抱歉之前並不記得她。

「安娜絲塔西亞，我有事要告訴妳。」他說。

她帶著遲疑卻又滿懷希望的表情看著他。

「我很抱歉，我之前真的不記得妳。」他說：「但在埃力斯來到這裡之後，我了解到君士坦把他的記憶封鎖在我的腦海裡。他當時擔心小嬰兒無法承受成人的記憶，而做了那樣的安排，要等到我準備好，才會想起一切。」

「你準備好了嗎？」安娜絲塔西亞詢問清楚。

「大概吧。」凱爾說：「我們遭受狼群攻擊，記憶突然就解開，我看到自己在月成的墓前來回踱步。」

跟她說你看到她，艾倫語氣堅定。

「我也看到妳，媽媽。」凱爾說：「我知道妳有多愛我，有多麼關心我的遭遇。」

安娜絲塔西亞的臉開始皺成一團，淚水撲簌撲簌滑下臉頰，破壞了她精緻的妝容。

告訴她這不是她的錯。

「我身上發生的這一切不是妳的錯。」凱爾說。

「哦，小君。」她喘息，然後奔向他，緊緊擁抱他。凱爾努力把腳跟卡進柔軟的地面，以免失去平衡。他現在和安娜絲塔西亞一樣高，但是她卻非常激動用力。

「只是，我需要妳的幫忙。」凱爾說。

不要這麼沒耐心，保持誠懇。

「拜託。」凱爾繼續說：「是埃力斯的事。」

她放開他，表情焦慮。「我知道他非常生氣。」她說：「他責怪你，但他不該如此，他不明白你並不記得。我保證，當你跟他解釋——」

跟埃力斯解釋？凱爾忍住笑聲。

「我不能那樣做。」他說：「教誨院已經安排就緒，這樣我和埃力斯勢必對決，他們要我殺掉他。」

「野蠻人！」安娜絲塔西亞的表情陰鬱。「強迫兄弟相殘。」

開玩笑，她怎麼可以把我們當成兄弟。

你不能反駁她，艾倫說，讓她了解其中危險性，你和埃力斯都可能死去。

「你知道我有多強大。」凱爾說，努力以君士坦可能會有的神情看著她。「如果我和埃力斯對戰，我們可能會殺掉對方。」

她一臉驚懼。「他是混沌被噬者。」

「我想我們兩人都無法倖存下來，所以我才需要妳的協助。」

「我們可以逃離這一切。」她說：「就我們三人，我和我的兩個兒子一起生活。」

她淚眼朦朧看著他。

「只要埃力斯是混沌被噬者就絕無可能。」凱爾說：「把它想成是我們需要治療的一種疾病。只要混沌吞噬著他，他就會痛恨我，然後有朝一日，他會開始恨妳。」

「被噬者無法治療。」安娜絲塔西亞不以為然。

「可以。」凱爾努力在艾倫對他無聲說話時，投射出那種信心和堅定。「我已經安排好了，教誨院堅持我們要兵戎相見，而我知道怎麼抽離他身上的混沌。等這件事成功之後，我們就都沒事了——只要妳告訴大家，埃力斯之所以會做那些壞事，全是因為妳的要求。」

「因為我的要求？」她往後退。「這樣怎麼會有幫助？」

「反正他們就是那樣想的。」凱爾說。

不要告訴她是因為你說的，他們才會那樣想。

凱爾沒理會。「他們需要相信不是他自己的緣故，否則他們會追殺他到天涯海角，但是妳可以承受這樣的責難，然後脫逃。」

告訴她說這不是真的責難，說她將成為英雄，會有很多人認為她做了正確的事。

凱爾深深吸了一口氣。「很多人不同意魔法世界的一些決定。」他說：「像是殺害歐洲的喚空者，以及對待被噬者的態度，還有他們怪罪君士坦，只因為他——因為我——想結束死亡和苦難。」

安娜絲塔西亞點點頭，凝視著他的眼睛，凱爾覺得自己剛才像是做出人生最重要的演說。

「我相信當妳挺身發言，會有很多人深表同情。」凱爾說：「然後妳就可以駕著妳的大氣元素獸離去，妳可以先確保牠在一旁待命。」

告訴她關於未來的事。艾倫說。

「教誨院將會赦免埃力斯。」凱爾說：「然後我們就可以去找妳，拋下整個魔法世界，到各地遊歷。」他想起阿勒斯泰懇求他離開教誨院時，也對他說過同樣的話。「我們可以在一起。」

安娜絲塔西亞冰冷的灰眸散發出光彩。「很好。」她緩緩說道：「你最好確切告訴我，這個計畫要怎麼進行。」

第十五章

凱爾走上山坡時，滿懷著罪惡感。看到站在那裡的塔瑪拉，他的神情黯然。

「沒成功嗎？」她問。

「成功了。」他說：「我只是在想或許我明白了人們害怕混沌魔法師的原因，或許他們真的應該害怕。」

塔瑪拉伸出手，放在凱爾的肩膀。「只因為身為喚空者就必須處理這一切，這並不公平。以前是艾倫那時不公平，現在換成你也一樣不公平。我們還是孩子，或許當我們來到教誨院，並不像孩子，但是要為這麼多的他人性命負責，還是太年輕。我認為你做得很好。」

「如果妳這麼認為，那麼我想就真的如此。」凱爾說。

這是我的錯。艾倫說。

不，並不是，凱爾回應，這一次不是我們任何人的錯。

塔瑪拉牽起他的手，就這樣一路走回任務門。等他們穿過任務門，賈思珀和關妲已經在等候他們，神情十分凝重。

「發生什麼事了？」凱爾壓過其他聲音，大聲質問。關妲倏然滿臉歉意，他身上頓時竄過一陣寒意。

「你最好過來。」賈思珀說：「快來。」

賈思珀開始急急穿過地道，速度快到凱爾不得不兩度要求他放慢腳步才能跟上。回到他們寢室的交誼室時，如佛大師在場，神情同樣非常凝重。

在他身邊，是一個大氣被噬者。他以淡灰薄霧的形式現身，霧氣從身體形狀變幻成蒸發的氣體，雲霧形狀的身體不斷改變，五官或多或少變得清晰。

凱爾看得出他的眼鏡、他臉部的形狀，甚至是灰棕頭髮的半透明輪廓。凱爾認識他，儘管百般不願，但的確認識。

這個被噬者是阿勒斯泰，他的爸爸。

剎那間，凱爾的跛腳幾乎站不住了，他倒向一旁，只能用桌子撐住自己。凱爾所有思緒都飄走了，他不願相信眼前目睹的事實，不想看到面前的一切，不想理解它。

「爸爸。」他說，聲音嘶啞破碎。

塔瑪拉倒抽了一口氣。

他一定真的非常愛你。艾倫說。這句話聽在凱爾耳裡像是大錯特錯，卻也同時再真切不過。

「爸爸。」他又說了一次。形影飄過來，以霧氣旋風包圍住他。這樣的觸感無法給人慰藉，太冰冷，太不像人。

「凱爾。」阿勒斯泰說：「對不起，但這是我唯一能幫助你的方法。」

「我們應該可以找別人呀！」凱爾反駁。

「時間不夠。」阿勒斯泰告訴他。

「但是你痛恨魔法！」凱爾大喊，覺得憤怒。這不公平。阿勒斯泰非得犧牲自己，這不公平。這一切都不公平，這一切向來都不公平，但是阿勒斯泰不該非得放棄一切不可。「現在你要怎麼去車庫舊貨拍賣？要怎麼去修補汽車？甚至要怎麼去開車？你的那一堆古董玩意兒要怎麼辦？」他哽咽。「我們相依為命的生活呢？我們的人生呢？」

「凱爾，我一定要幫你。」阿勒斯泰說：「如果你遭遇不測，我也沒有人生可言，你是我的兒子。」

「而你是他的爸爸！」塔瑪拉說：「你不該做出這種事！凱爾需要你。」

「我也不想這樣。」阿勒斯泰說：「我會想念一起看電影、整理車子、帶小肆散步，當一對父與子的人生。我會想念成為他人生的一部分，想要見到他長大成家，讓我含飴弄孫。」

塔瑪拉像是被震懾住了。

「或許這是我不得不付出的代價，因為那許多年來，我一直沒有把魔法實情告訴凱爾。」阿勒斯泰說：「也因為我那麼多次不信任他，而我們應該要相信所愛的人。」

「現在，要聯合院改變對被噬者的規定就更加重要了。」賈思珀肅穆地說：「這樣阿勒斯泰有時就可以和凱爾在一起，而塔瑪拉妳就可以見拉雯。」

「拉雯。」她小小驚呼一聲。「我們必須召喚她和其他被噬者了，我們不是應該在黎明時分前往埃力斯的高塔？」

「阿勒斯泰。」如佛大師轟隆隆的低沉嗓音說：「你這是非常高貴的舉動，高貴而痛苦。等事情結束之後，即使教誨院不願意，我還是會盡全力幫助你。」

「謝謝你，我的恩師。」阿勒斯泰說：「我黎明時會在任務門外頭等候你們所有人。」

說完之後，他就化為一陣煙，消失得無影無蹤。凱爾頹然坐在桌旁，此時，他根本不在乎埃力斯，除了爸爸之外，他什麼也不在乎。他心中只想著阿勒斯泰，只想著阿勒斯泰這樣既安好卻又根本不好而且永遠也不會安好的狀態。他覺得整個人都麻木了，木然怪異。

「塔瑪拉、關妲、賈思珀，去吧，為明天做好準備。」如佛說：「你們的新制服擺放在你們的房間，裡面的纖維已織入抵禦黑魔法的咒語。」

我不知道你們有這種本領，艾倫驚嘆。

「凱爾倫姆，等一下再走。」如佛說：「我有話要跟你說。」

其他人離開了，塔瑪拉卻顯得不情不願；凱爾看得出來她想留下來陪他。他自己也得做好準備，他們應該一大早就要動身。但他覺得連拖起身子站起來的力氣都沒有，不知怎地，阿勒斯泰的舉動成了壓垮他的最後一根稻草。

「凱爾。」如佛大師說：「我要你知道一件事。」

凱爾抬起頭。

「這許多年來，我教導過許多學生。」如佛大師繼續說：「其中有教誨院最好的學生，也有最壞的學生。」

凱爾目光呆滯，等著如佛大師說自己有多麼令人失望。

「我知道在你需要我的時候，我並不總是在場，我認為你比其他人都需要找到自己的方向。沒有伸出援手向來讓人痛苦。不過，即使當你可以選擇逃開，而不用面對混沌被噬者，你也沒有這麼做。」如佛大師偏著頭。「我想，在我所有學生之中，我最以你為傲。」

哼，艾倫說。

「我明天會陪伴你們。」如佛繼續說：「不管發生什麼事，我都會在你和塔瑪拉身邊，這是我至高無上的榮耀。」

凱爾清清喉嚨。「如佛，謝謝你。」

如佛點點頭，一如往常，不拘小節就逕自離開了。凱爾筋疲力竭走回自己的房間，小肆已關在那裡一整天，興奮地在他身邊跳來跳去。凱爾倒在床上，試著入睡。他以為自己睡不著，但是身心俱疲的情況下，他睡著了。

*

凱爾醒來後，對世界的感覺好多了。他仍舊為爸爸擔心害怕，卻也開始這麼想，或許成為大氣被噬者不是最糟的事。至少，爸爸不會變老，也不會像其他人的爸爸一樣死去。阿勒斯泰會比凱爾長壽。或許阿勒斯泰不能像以前那樣為他煮晚餐和照顧他，但反正阿勒斯泰也不是什麼好廚師，況且凱爾可能會去魔法公會——要是他沒有死的話。

你的樂觀態度沒有持續太久。艾倫說。

「你真了解我。」凱爾說：「當室友並不容易，尤其還是住在同一個腦袋裡，但我很高興你一直跟我在一起。我很高興是你在我的腦海，不管發生什麼事，你都是有史以來最棒的朋友。」

不是很多人可以接受我待在這裡，艾倫說，而且幾乎不會有人會像你做過的那樣，冒險讓我復生。就只因為我親切禮貌，能讓別人喜歡我，你總是表現出你應該感激我願意當你的朋友。但是凱爾，我才是那個應該感激的人，而且我的確感謝你。

凱爾露齒微笑，他覺得有點難為情，但整體來說，當他換穿教誨院為他們準備的衣物時，卻是意外地鎮靜。他綁好靴子，把「彌拉」塞進腰帶，走出房間來到交誼室，卻見到關妲和賈思珀在沙發上舌吻。這就好像在一個美好的春天早晨走進一片雛菊之中，卻被卡車輾過。

噁！艾倫說。

「我的眼睛！」凱爾大叫，一隻手拍向雙眼。塔瑪拉走出房間，正好看見賈思珀和關妲急速跳開。

「發生什麼事了？」她皺著眉頭問道：「我聽見有人大叫。」

賈思珀的脖子有些羞紅。「我們在，呃，解決我們彼此之間的一些問題。」關妲害臊地盯著地板，但嘴角露出笑意。

「我都沒注意到這件事。」凱爾有點茫然。

「你開玩笑的吧？」塔瑪拉用手肘戳戳他的身側。「老早就發生了！不然你以為坐車時那些打情罵俏是做什麼的？」

「打情罵俏？」賈思珀說。

現在他惱怒了，但是關妲和塔瑪拉兩人會心一笑。

「來吧。」塔瑪拉說：「我們要吃早餐，再去和大魔王戰鬥，我是說**真正的大魔王**。」

他們速速用餐。關妲和賈思珀整段時間都牽著手，凱爾也一直在想，他是不是該把塔瑪拉拉進懷中親吻，或是握著她手，做點什麼。真是不公平，賈思珀經常那麼滑稽可笑，結果卻比凱爾了解更多男女交往、女孩子，有時甚至還包括魔法。

塔瑪拉喜歡你，艾倫說，**記住——今天我們是樂觀主義者**。

「你向來都是樂觀主義者。」凱爾小聲嘟囔。

這個時候，門上傳來敲門聲，已經沒時間討論了。如佛大師、奇姬大師和聯合院主席葛雷夫進門，手中拿著魔法繩子。

「我們並不會緊緊綁住你們的手臂。」葛雷夫說：「但是，我們得做做樣子，表示配合他的要求。」

「塔瑪拉。」奇姬大師說：「妳姐姐來了，她想跟妳談談。」

「拉雯嗎？」塔瑪拉問。

「拉雯還沒被召喚前來，想跟妳談談的是綺米雅，她在任務門外等著妳。」

凱爾突然想起埃力斯也要求交出綺米雅，他認為她仍是他的女朋友。

他也記得上一次見到綺米雅的情景，她雙手摟住得意洋洋的埃力斯，而塔瑪拉的表情像是肚子被人踢了一腳，所以凱爾不怎麼想要喜歡她。

塔瑪拉用力吞嚥了一下。「好，我要見她。」

他們跟著如佛大師走過廊道，在經過一群群目不轉睛的沉默學生時，凱爾的樂觀情緒很快就化為緊張。他很確定大部分的學生都不知道現在的狀況，但他們知道的事卻足以了解到現在大事不妙。畢竟，其中有很多人目睹埃力斯的攻擊，也都見到黃金高塔聳立在地平線上，有如直指天空的利刃。

凱爾經過的時候，不斷看著周遭的一切。通往過去寢室的房門，那是他以前和塔瑪拉、艾倫共享的房間，還有通往大食堂的路，前往藏書館的蜿蜒小徑，牆壁上閃閃發光的石頭圖案，前去廊廳的樓梯。他不禁想著，這會不會是他最後一次見到這些事物。

突然間，一聲響亮的吠叫。小肆從他們寢室門口冒了出來，衝向走廊。牠跳起來兩腳搭著凱爾的胸口，幾乎整個撲進他的懷中，急切地哀鳴。

「發生什麼事了？」凱爾拍拍小肆的頭。「小子，怎麼了？」

沒事，艾倫說，**牠只是想跟你去**。

「牠只是想一起來。」塔瑪拉說：「我們不應該拋下牠。」

「但牠不再是混沌狼。」凱爾說：「帶牠同行並不公平。」

「這樣不是更好嗎？」如佛說：「牠想跟你同行，是出自於愛和忠誠，而不是因為混沌才束縛於你。牠是你的狼，我想牠已經贏得陪在你身邊的一席之地。」

所以小肆殿後，跟著如佛大師、塔瑪拉、關妲、賈思珀和凱爾，五人一犬一起前往任務門。

凱爾立刻就到見了綺米雅，她站在瑞賈飛夫婦身邊，他們以親密家人的姿勢，緊緊依偎在一起。三人全都警戒地看著阿勒斯泰，阿勒斯泰半透明的形體盤旋在一群聯合院成員附近，但也沒有太接近。

想到拉雯的狀況，凱爾覺得不能怪瑞賈飛家族那樣看待阿勒斯泰。不管是哪一種被噬者必定都令他們驚駭，不過，他還是想責怪他們。

塔瑪拉馬上脫離一行人，跑向她的家人，而凱爾跟其他人走向阿勒斯泰和其他魔法師。小肆和凱爾向阿勒斯泰致意，阿勒斯泰伸出空氣手撫過凱爾的頭髮，沒怎麼接觸到就已弄亂了他的髮絲。小肆繞著阿勒斯泰嗅聞，當穿透阿勒斯泰雙腳時，擔心地吠叫。

在他們周遭，其他一些聯合院成員來回走動，向解說高塔的魔法師諮詢狀況，凱爾並不認識那些解說的魔法師。他們顯然真的打造出符合埃力斯所有要求的高塔，有視聽室和許多房間；不過卻使用了如同圓形監獄的同樣魔法材料。這將使埃力斯在高塔裡面召喚混沌生物的難度大增，而且他們打算等凱爾一行人一進入，就馬上封閉出入口。

這種材質也容許魔法師看透，藉以監看裡面的情況，可能的話就去協助凱爾。

「只是，這也會導致埃力斯可以召喚更多混沌元素獸的危險。」葛雷夫說。

告訴他，你不需要幫忙，艾倫說，人們喜歡聽這種話。

但要是我們真的需要協助呢？凱爾質問。

你就說嘛，艾倫說，不管你跟他說什麼，都不會增加或減少他幫忙的意願。不過他會認為你很勇敢，會比較喜歡你。

有時候，艾倫真的讓人有點害怕。不對，是讓人非常害怕。

「我可以對付埃力斯。」凱爾說。葛雷夫看起來的確如釋重負。

凱爾為了避免必須再答應更多事，就走向塔瑪拉跟家人致意的地方。

「我一直告訴大家，我真的非常抱歉。」綺米雅說：「我那時沒察覺到埃力斯是那麼憤怒，我以為擁有我們自己的組織，擁有我們自己的東西，是一種樂趣。埃力斯說聯合院欺騙了大家，說君士坦早就死去好久好久了，他們只想讓大家害怕。而當我發現這是真的——君士坦真的早就死了——我也相信了他所說的其他事。我從沒想到他會傷害艾倫，如果我知道的話……一切可能就會不一樣。」

塔瑪拉半信半疑看著她的姐姐。「他之前就想傷害別人，而且也的確傷害了別人。」

「我只是在我在意的人身上賭一把。」綺米雅意有所指看了凱爾一眼。「這根本不公平，呃，是有一點不公平。「但我錯了，所以我現在來到這裡幫忙擊敗他。」

塔瑪拉看著姐姐，眼神中不帶熱情和信任。凱爾有時會忘記，她是如此毫不妥協的頑固。

「妳不會被綁起來。」她對姐姐說：「勢必得由妳率先發難，等我們進去之後，妳必須確保被噬者得到現身所需要的東西，包括拉雯。」

提到拉雯的名字時，場上傳來輕柔的爆裂聲，一縷煙和火羽出現，拉雯到了。
「拉雯。」塔瑪拉說，放下心來吐出一口氣。「妳來了。」
火元素被噬者一路延燒接近，現在可以看出拉雯的身影，火焰勾勒出她的長髮和年輕的臉蛋。「我的小小家族，你們由蠟和火絨構成，是否懼怕我？」
瑞賈飛太太搖搖頭。「我沒辦法看。」她轉開頭，臉上淚痕斑斑。
「母親，妳難道看不見我嗎？」拉雯火光閃動。『妳是否會說妳不認識我？」
「拉雯。」瑞賈飛太太的語調裡有莫大的哀傷。『我們過去認識妳，但現在不確定是否認識妳。」
「或許我是不可認識的。」拉雯再次閃動。「但是，我隨時會為了你們燃燒。」
「我的女兒呀！」瑞賈飛太太開始啜泣。『哦，拉雯，哦，塔瑪拉和綺米雅，我要失去妳們所有人了嗎？怎麼會發生這種事？怎麼會是我的家人？」
塔瑪拉和綺米雅上前去安慰媽媽。凱爾對於瑞賈飛家族一直懷有非常複雜的感覺，他們雖然對艾倫很親切，卻對他很冷淡，他總是認為他們既嚴厲又殘酷。但是在領悟到他們今天可能要面臨失去所有孩子，凱爾於是退後，讓給他們空間。
他立刻被如佛大師攔住了。「凱爾。」他說：「該是召喚最後兩名被噬者的時候了。」

凱爾跟著如佛大師來到魔法師大致圍出的圓圈中心，賈思珀和關妲已經在那裡。魔法師無聲地看著賈思珀召喚出一小池水，池水在他腳邊汩汩發聲，他跪下來碰觸它。

「盧卡斯。」他呼喚，池水旋即射出水柱，他驚訝地向後跳，而水柱形成水元素被噬者盧卡斯的身影。魔法師倒抽了氣息，有些人還往後退。

輪到凱爾了，他從口袋拿出葛瑞塔的晶洞，然後彎下腰，使出全力用晶洞敲擊岩石側面。

晶洞裂開成閃爍的碎片，他們滿懷期待盯著這些碎片，它們卻毫無動靜。

「這管用嗎？」賈思珀在凱爾耳邊小聲問道。

「呀喃。」一個厭倦的聲音傳來，大家全部轉身，就看到了葛瑞塔。她以一堆隆隆作響的岩石形態，在圓圈外頭遊走。「我在這裡。」

她和盧卡斯互相招手，阿勒斯泰緩緩走向他們，拉雯也跟著飄浮過去，留下一道火花。魔法師紛紛讓道，為被噬者保留空間，但也可能是為自己和被噬者之間保留空間。

凱爾聽見叫喊，轉身看到關妲跟如佛大師激烈爭辯。「但是我應該去。」她說：「我是門徒組的一分子！我幫忙找齊了被噬者！」

如佛大師搖搖頭。「關妲，絕對不行。凱爾、賈思珀和塔瑪拉會去是因為埃力斯要求他們過去，我不會毫無理由就犧牲另一名學生的安全。」

「但這的確是有理由的。」關妲說：「我可以幫忙保護他們！」她轉身看見凱爾。「凱爾，告訴他，說我應該跟你們去。」

凱爾遲疑了一下。「關妲，妳一直是一個非常棒的朋友，而且自從黃金年級開始，妳就救過我們許多次。如果說我低估了妳，那真的很抱歉，但是埃力斯絕無可能會讓妳跟我們來。他一看見有不請自來的人，就會立刻施展混沌。」

關妲的眼睛閃動著怒氣，但凱爾看得出來她知道這不是在唬人。

「我不想被拋下來。」她說。

凱爾看著如佛大師。「她不能跟著各位導師和聯合院成員一起來嗎？」他問。「這樣才公平。」

如佛大師嘆息。「我會盡力而為。」

「各位，聽著！」聯合院主席葛雷夫經過增強和共鳴來發言。「凱爾倫姆．亨特、塔瑪拉．瑞賈飛、賈思珀．冬特，請過來站到我身前。」

塔瑪拉百般不願地離開她的家人，賈思珀離開盧卡斯，不一會兒他們全都站在葛雷夫面前，而小肆跟著潛行在凱爾身旁。

「那隻混沌狼——」葛雷夫生氣地開口。

「牠不是混沌狼。」凱爾說：「牠是一般的狼。」

葛雷夫盯著小肆，看見牠對他眨動大大的正常淡綠狼眼。「我敢發誓——」

塔瑪拉噗哧一笑，但立刻止住笑意。葛雷夫怒目而視。「綁起他們的手。」他說。奇姬大師和向北大師來到他們身後。凱爾和其他人把手放在背後，兩位大師開始在他們的手腕纏繞經過施咒的彈性金屬繩。凱爾知道這是必要的，但內心還是怒氣沸騰。

「連續快速扯動三次，繩子就會脫落。」葛雷夫告訴他們。「但也就毀壞了，所以請不要預先測試。」

塔瑪拉內疚地望著他，顯然才正想這麼做。

阿勒斯泰旋轉進入空中，變成嗖地吹過凱爾頭上的一陣風。「我會與你同在。」他承諾。不一會兒，一個金屬哨子落入凱爾被束綁住的雙手，他合上手指緊緊握住它。他看向賈思珀，發現他的口袋塞了一瓶水。塔瑪拉拿到一顆橡實，而綺米雅是一盒火柴，一頭像是燒焦了，彷彿拉雯不願停止燃燒。

「準備好。」葛雷夫說：「我們要飛往高塔了。」

周遭的魔法師全數飛向空中，凱爾感覺自己被抬起來，感覺到風兒在下方呼嘯，但是有阿勒斯泰如此貼近，即使他的魔法被束縛住了，也不該害怕。他記得自己多麼希望身體輕若無物，希望能夠飛行以避開因為腳經常疼痛而出現的困境。

但那是小孩子的願望，他現在的難題是無法用一些小魔法來解決。

或許用「很多的」魔法就可以解決，艾倫在他的腦海裡說。

他們飛過田野和底下蜿蜒的灰色公路，森林和教誨院已經落在後方。凱爾環顧四方，見到小肆被捲進空中，四肢不斷拍打；塔瑪拉在附近，黑髮有如旗幟般飛揚。她回頭看他，對他露出鼓勵的微笑。

遠方，黃金高塔聳立，也愈來愈逼近。這座閃亮的高塔在極短時間內打造出來，沒有真正目的，只是為了搪塞埃力斯，卻仍舊顯得美麗可畏。凱爾在想，今天過後，它會有什麼用途。

當然，要先假設它不會用來做為他的墳墓。

大家降落在高塔單扇門前的那片草地，當他們的腳一接觸到地面，烏雲便掠過天空，打下一道閃電，預告埃力斯的來臨。閃電擊中一根伸展的光禿枝幹，讓它為之焦黑，大家也嚇得跳起來。

「那個荒唐的小子。」葛雷夫沙啞地說。

天空中，埃力斯和他的大批隨從人馬映入眼簾。

埃力斯仍舊騎在那匹飛龍外貌的混沌元素獸上，但現在他身上的服飾卻更為精緻了。當然，他一身黑，而黑色厚靴上帶有大量的閃電形銀釦，肩膀上繫著披風。

那是真正的披風嗎？艾倫質問。

對，凱爾心想。那絕對是——它甚至在微風中飄揚。埃力斯的頭髮還用造型膠抓出刺蝟頭。他身旁還有另外兩隻混沌元素獸，都形似馬匹，看起來形體更不固定，有時像是長了翅膀，有時卻換成腳，牠們有著章魚般的長長觸手。凱爾猜想，其中一隻是為安娜絲塔西亞準備的，另一隻恐怕是為了綺米雅。

埃力斯降落時，他的披風嗖地劃過空中，凱爾瞥見他頭上仿古黯色的金屬王冠，冠枝尖如利牙。即使凱爾知道這全是經過精心計算，知道埃力斯只在乎假象，但假象的確管用，有那麼一瞬間，他真的感覺到一絲恐懼和顫慄。

「魔法世界的聯合院成員和其他傑出人士，我很高興你們決定順從我的要求，並且承認我的優越。」埃力斯說：「你們為我打造的這座高塔相當不錯，我打算在裡面默默統治，不要太常打擾你們。我不想進行任何死神敵的噁心作為，像是讓人類和動物復生，這不是我要的，我要的是讓每一個人知道我有多麼令人敬畏和害怕。」

「你是指魔法世界的每一個人吧？」葛雷夫問。即使只是裝裝樣子，他看起來還是憤怒至極。「你仍然願意保守魔法的重大秘密，是吧？」

埃力斯哈哈大笑，他周遭的眾多生物也跟著起鬨嘻笑。這遠比他說的任何話都要駭人，他或許像葛雷夫說的是個荒唐小子，卻可以運用龐大的力量，並且指揮帶有這種力量的生物。

「保守什麼？」他譏笑。

「魔法世界的寧靜。」葛雷夫怒喝。「我們不向不具魔法的人類透露魔法的存在，這會危及他們，也會危及我們。要打造這座愚蠢高塔，卻又不讓他們察覺到魔法施行，就已經夠困難的了——」

「我的高塔才不愚蠢。」埃力斯往葛雷夫的方向隨意一揮，黑色火焰從他的手指射出，吞沒了聯合院主席。幾秒鐘後，除了草地上燒焦的圓圈外，一切蕩然無存。

綺米雅放聲尖叫，但看到埃力斯對她皺眉頭後，明顯竭力克制住叫聲。場上的魔法師紛紛驚呼，聲音迴盪在空地周遭。賈思珀望著關妲，眉頭深鎖充滿關切。塔瑪拉只是搖搖頭，一臉陰鬱。

如佛大師大步上前，走進焦黑的圓圈。「埃力斯．史特賴克。」他說。

埃力斯大笑。「如佛大師。」他說：「約瑟以前總愛提起你，說你是教導過君士坦．喚豐的偉大魔法師，但是我身為你的助教卻沒有領悟到任何偉大。君士坦不是因為你而偉大，而是儘管碰上你也一樣偉大。」他的目光瞥向凱爾的方向，咧嘴一笑。「畢竟，看看凱爾倫姆被你教得有多糟糕。」

「你可以像對付葛雷夫那樣，對我如法炮製。」如佛說。這讓凱爾緊張萬分，要是埃力斯把他的老師從這世界的表面抹去，他想自己一定無法忍受，必定會掙脫手銬，然後破壞一切計畫。「但如此一來，你將無法得到任何想要的東西，等於對整個魔法世界宣戰——而正如你說過的，你並不想要這樣，你想要不受打擾。」

「沒錯。」埃力斯說，一邊檢視他的指甲。

「如果常人世界對魔法師一無所知，對你也比較容易。」如佛說：「想想你可以做什麼，你可以使用你的魔法來戲弄他們，賺上好幾百萬。」

埃力斯大笑。「如佛，你還是很聰明。好吧，我還是保守魔法的秘密。」他閃爍如眾星的眼睛轉向綺米雅。「親愛的，過來吧，妳難道不是還愛著我嗎？」

綺米雅露出燦爛的笑容。看到她飛奔過草地，緊抱他的手臂，讓凱爾感覺很不自在。如果這不是她令人激賞的表演，那麼就是她打算背叛他們大家。

埃力斯俯身親吻她，塔瑪拉發出厭惡的聲音。謝天謝地，這只是短暫的一吻，埃力斯旋即露出笑容，摟住綺米雅的肩膀。

「叫人質上前。」埃力斯說：「叫他們走向高塔大門。」

凱爾看向塔瑪拉，她注意到他的目光，至少他們在一起，而且艾倫也在。他們三人對抗世界。當如佛大師挑選他們三人時，誰料想得到，他們會成為凱爾人生中最重要的人。他望向賈思珀，看著對方充滿決心的臉龐。凱爾從未想過他們會成為朋友，但每當他的性命需要拯救，賈思珀不知怎地總會在場伸出援手——通常還加上挖苦嘲諷，但還是在場。

他上前一步，其他人也一樣。他們走過草地，來到碎石地面，這裡仍留著致力打造高塔的魔法師的腳步痕跡。小肆跑到他身邊，毛茸茸的身子帶著保護意味，緊貼凱爾的腳。

凱爾回頭看，聯合院的魔法師像是離得非常遠，他只看到關妲和如佛——

埃力斯手腕一甩，往他們所有人送上一道混沌火焰。凱爾壓抑住叫聲，因為他發現到埃力斯不是在攻擊，而是射出封鎖牆。火焰升起形成一道無止境的弧線高牆，圍起他們，讓賈思珀、凱爾、塔瑪拉、綺米雅、小肆和埃力斯，與其他魔法師隔離，而他們依舊可以走向高塔。

埃力斯冷笑。「來去看看我們的新家，凱爾倫姆，你帶路。」

凱爾再看了隔開他和如佛大師的火焰最後一眼，就拖著腳步走向高塔大門。這是一道沉重的木門，他無法開門，所以就站在門前，直到一隻混沌元素獸走過來。牠往大門伸出一個蜿蜒的觸手，但接觸之後，原本門把的地方只剩下一個洞。

「動魔鈍！」埃力斯呼喊。「你來。」

這隻龐然的金屬元素獸從圍繞著他們的煙霧現身，走向大門。凱爾瞪大了眼睛——他們以前全都和動魔鈍交手過，還差一點喪命。

動魔鈍猛然衝向大門，齒輪的眼睛飛快轉動，一隻手倏地往前伸，露出末端嗡嗡震動的利刃。牠開始鋸門，直到一大塊門板砰然落地。

埃力斯之後還得修理這扇門，凱爾心想，他絕對不是做事深謀遠慮的類型。

動魔鈍往後退，大家懷抱各種程度的不情不願，全數走進門內。一樓是一處圓形大廳，除了地毯和一道螺旋階梯之外，完全空蕩蕩。

凱爾爬上階梯，其他人也跟著上樓。

二樓整樓是一個大房間，開了許多大面窗，凱爾透過窗戶看到了樹梢。房間有許多沙發和一個小廚房，還配置了一面以前埃力斯在廊廳投射電影的那種大型銀幕。凱爾不知道埃力斯想要他去哪裡，所以他就停在這一層，逕自走向中央深處，塔瑪拉跟著他，然後是賈思珀。

「趁現在。」凱爾對他們說。他連續扯動手銬三下，讓雙手自由，接著拿出哨子到嘴巴一吹。但是哨子沒有發出聲音，只有一陣狂風席捲全場，聚合成阿勒斯泰，又旋即消散得無影無蹤。在凱爾身邊，盧卡斯現身，接著是葛瑞塔，但是兩者都在埃力斯進屋前消失了。凱爾的雙手雖然已解除束縛，他還是把手放在背後，塔瑪拉和賈思珀也照辦。

埃力斯露出洋洋得意的微笑，到處走動欣賞他的新家，披風在他身後不斷飄揚。他牽著綺米雅的一隻手，凱爾認為她臉上的笑容似乎很勉強。

他希望那一定是勉強擠出來的。

「這裡很不錯，不是嗎？」埃力斯伸手一揮，意指整個地方。大理石地板、附帶抱枕的大型沙發、大尺寸電視。「母親！我到家了！」

是安娜絲塔西亞，艾倫想著，**她當然已經在這裡了**。

「埃力斯？」大家全都站著不動，看著安娜絲塔西亞從樓上翩然走下。她穿著一件白禮服，披著白色薄紗長外套，冰色頭髮梳成一個緊緊的髮髻。

她定睛凝視凱爾好一段時間，他無法判讀她的表情。他內心感到一陣寒意——要是她目睹窗外葛雷夫的遭遇呢？要是她重新考慮一切呢？

鎮靜，艾倫說，你根本不知道。

但是他的語調似乎也很害怕。

安娜絲塔西亞走過房間，站在眉開眼笑的埃力斯附近。埃力斯看向凱爾，臉上誇張的輕蔑笑容像在鏡子面前練習過好幾次。

「凱爾倫姆，你原本真的以為教誨院會看重你們的性命，而不會犧牲你們吧？」他大笑。「但是，他們卻直接把你們三人交出來。就跟所有魔法師一樣，他們全是懦夫。我把約瑟大師屋子裡的書都看過了，而我看的時候，一直在想我們變得好軟弱。魔法師過去可是很了不起，力量不會只用在免於人們受到元素獸傷害。凱爾倫姆，你很快就要受死，那麼，所有人勢將承認我是有史以來最偉大的魔法師，是擊敗死神敵的魔法師。」

「你沒有擊敗我。」凱爾說：「綁住我的是教誨院，不是你。」

「沒人在乎這種技術問題！」埃力斯大喊：「沒人在乎真實故事。你以為人們會在乎君士坦愛他的弟弟，或他母親愛他的這種真相嗎？不會，因為這太無聊了。而且他們也不會在乎教誨院是怎麼讓你變得輕易受死，他們只會在乎是我殺掉你的。」

「但是不包括塔瑪拉，對吧？」綺米雅說：「她可是我的妹妹。」

埃力斯猶豫了一下。「綺米雅，她效忠我的敵人。」

「或許我們殺掉那兩個男孩，把女孩關進地牢。」安娜絲塔西亞安撫。

「這裡有地牢？」賈思珀說。

「當然有地牢。」埃力斯厲聲說道：「還有，除非我跟你說話，否則別開口。冬特，你原本應該效忠我的，你爸爸可是效忠約瑟大師。」

「我爸爸錯了。」賈思珀靜靜地說。凱爾瞪大了眼睛，他從沒想到有朝一日會聽到賈思珀說這種話。

「我說過你不准開口的！」埃力斯大喊。

「不然你要怎樣？」賈思珀說：「殺了我嗎？」

「夠了。」凱爾說：「或許大家都不需要赴死，或許我們可以達成某種協議。」

「亨特，沒有協議。」埃力斯說：「這一次你沒有任何我想要的東西，我才不在乎讓人死而復生，我在乎的是力量，我在乎的是復仇。」他咧嘴大笑。「我要你們排在我面前。」他說，眼裡的黑星有如針尖般閃爍。「首先是塔瑪拉，然後是賈思珀，再來是你，凱爾。我會按照這個順序殺掉你們，而你喚空者，你就等著目睹朋友一一死去。」

「你說過你不會傷害塔瑪拉的！」綺米雅尖叫。

「我改變主意了。」埃力斯說完就揚起手，他的手閃爍著黑光，手指散發出黑色暗暈。

綺米雅急急逃開他的身邊，雙手顫抖地拿取火柴盒。

埃力斯忽地移向她，雙手環繞著煙霧。凱爾轉身看著塔瑪拉和賈思珀，兩人都臉色蒼白，卻也都對他搖搖頭，彷彿在說：「時機未到。」

「妳在做什麼？」埃力斯質問綺米雅。

「我只是……」綺米雅開口，聲音卻似乎不見了。她退後離開到埃力斯伸手不能及的地方，顯然十分驚恐，火柴盒也從她的手中掉了出來。

「妳真的要背叛我？」埃力斯逼問：「我？我可是要把妳從枯燥的舊時生活中拯救出來的人啊！」

「這不是你之前說的情景。」綺米雅說：「你從沒告訴過我，你會傷害別人。」

「所以妳密謀反叛我？就跟這些魯蛇嗎？」埃力斯搖搖頭。他舉起手，手心升起一道混沌閃電；塔瑪拉撲向他，不再佯裝雙手被縛。他揮動手臂的混沌力量，把她打向一旁。凱爾怒火中燒伸出雙手，埃力斯怎麼敢碰塔瑪拉？怎麼敢威脅他的朋友。

埃力斯射出黑色火焰時，凱爾仍在召喚內在的混沌力量。黑火直奔綺米雅而去。混沌同時從凱爾的手迸現。兩道黑色閃電在空中相遇，卻未消融，而是相互撞擊，再打中高塔的牆壁，擊碎岩石成為粉末。

「哇！」賈思珀驚嘆。凱爾深有同感，混沌擊穿岩石、金屬和玻璃，在高塔牆壁留下一個卡車大小的洞口。透過洞口，凱爾看到高塔前的原野。混沌火牆雖然已逐漸熄滅，但魔法師像是依舊無法穿越它。不過，有許多人瞠目結舌望著高塔，有些人倒抽氣，不斷指指點點。

此時，動魔鈍龐大的臉部填滿了空間。綺米雅尖叫，塔瑪拉伸出手，把姐姐拉向地上。橡實從塔瑪拉的手中甩出掠過地面，賈思珀敲出口袋的水瓶，瓶子撞到地板，水滲了一地。凱爾抽出口袋的哨子，把它緊緊握在手中。

安娜絲塔西亞彎下腰，拾起火柴盒。

埃力斯轉向凱爾，自鳴得意的笑容又回到臉上。「哦，所以你以為你要和我對戰！才會自願來這裡。教誨院和聯合院都要因為設計我而付出代價，不過由你先來。」

「我？」凱爾說。

「我就是混沌！」埃力斯高喊：「我已成為虛空！」

「哦，住口。」凱爾說：「沒有人感興趣的。」

埃力斯怒視他，但凱爾就是忍不住，他已經藏不住笑意了。因為在埃力斯身後，阿勒斯泰開始旋轉成形，空氣聚合成他高大的身影。在小肆吠叫聲中，盧卡斯從地板的水窪裡升起，閃爍著銀光。而從塔瑪拉那顆被打碎的橡實中，一條泥土河流往前延伸，葛瑞塔現身了。

「這是什麼？」埃力斯不斷轉身，再度揚起手。他不敢置信地看著眼前的一切。「他們是被噬者，但為什麼會在這裡？**你們為什麼會在這裡？**」

「安娜絲塔西亞。」凱爾大喊：「快點燃火柴！」

她的淡色眼睛轉向他，表情怪異。

媽媽，你應該叫她「媽媽」，艾倫提醒。但太遲了，凱爾沒喊她媽媽，現在她知道他一直在騙他。

一切要糟糕了。

安娜絲塔西亞朝凱爾走了一步，眼睛閃動。一道灰色身影撲向兩者之間——是小肆，牠咬住安娜絲塔西亞的手腕。她放聲尖叫，火柴盒跟著掉落。埃力斯往小肆射出另一道混沌，但狼及時閃開，黑火打中高塔的牆壁，更多石頭碎裂。

「你害我毀了我的高塔！」埃力斯對凱爾怒吼。「你總是在毀壞一切。」

凱爾無法否認，那大概是他的超能力，甚至比他身為喚空者還厲害。

綺米雅再度拿起火柴盒，她顫抖的雙手抽出了一根火柴，開始點燃。火光出現時，拉雯現身，開始熾烈燃燒。

她看著兩位妹妹，臉上出現邪邪的微笑。

「準備。」凱爾低聲說。

準備好了。艾倫說。

「你們要做什麼？」埃力斯看到被噬者衝向他，大聲喊叫。

這就好像世界自行崩塌，每一個元素都與混沌相撞——空氣的衝力、火的熾熱、水的永不間斷，以及大地的強大重量。他們全攻向埃力斯，彷彿帶著滅毀性力量席捲原野的上千個龍捲風，彷彿噴發力量讓天空變色的上千座火山，彷彿讓城市變形撕裂的上千次地震，也彷彿是白沫翻騰沖走整個城鎮的上千道洪水。他們是人類，卻又不是人類；凱爾用手護著臉，看著他們有如用雙手一點一滴撕除，凶猛地扯開圍繞埃力斯的混沌，油亮的虛空拼塊就徹底溶解在空中。

埃力斯發出痛苦的哀嚎，凱爾湧現一陣恐懼。要是他們殺掉他了呢？要是他們摧毀了他的身體呢？

計畫不是這樣。

動魔鈍的頭往後仰，張口咬向賈思珀，賈思珀原地轉身對動魔鈍轟出火焰，一道又一道的烈火打得金屬巨獸四腳朝天，金屬板和齒輪燒得通紅。

真高興見到賈思珀終於掌握火焰魔法了，艾倫說。

動魔鈍再次踉蹌朝他們而來，塔外的混沌火已經熄滅，魔法師紛紛衝向高塔，撞擊底下封閉的各道出入口，高塔為之震動。

埃力斯仍尖叫不已，在哀嚎聲中把頭往後仰，黑暗從他的雙眼迸現，成了兩道射向空中的闇黑。綺米雅放聲尖叫，塔瑪拉起身，製造出大氣護盾來保護她。

埃力斯的頭轉向一旁，他的四面八方都受到被噬者包圍。他的雙眼滲出黑色淚水，他高舉一隻手。「母親。」他嘶啞地叫喚：「母親。」

安娜絲塔西亞蹣跚退離他身邊，臉上籠罩著恐懼。埃力斯的臉龐持續運作，最後一道混沌從他的手中射出，它的威力變弱──凱爾感覺得到它變弱──但是仍有足夠的力道。它打中安娜絲塔西亞的胸口，激得她的身體凌空飛起，再跌落地面，胸前被燒灼出一個黑洞。

埃力斯癱軟倒下。

就是現在！艾倫說。

凱爾使出對觸靈術所學的一切，把他的專注力如吐絲般探向埃力斯。他可以看見埃力斯的靈魂，它現在發出亮光，不再因為混沌而黑暗。他幾乎就像是把它握在雙手之間一樣感覺它。他感覺到它的脈動和火花，感覺到它被憎恨、野心和痛苦的細繩纏繞。凱爾見到那個喜歡受人歡迎，喜歡擔任如佛大師的助教，卻始終覺得不夠的孩子。他見到精心製造出講究的電影幻象，並在其中安插他和朋友的孩子，而且最後總是他成為贏家、勝利者，成為獲得一切的人。凱爾見到埃力斯的另一面，他因為父親過世而孤苦伶仃，於是聽從一個心懷鬼胎和執念的女人。見到他的野心增長、蓬勃，最後扭曲，以及他對凱爾的恨意，他的憤恨不滿，以及成為贏家的欲望。凱爾見到這一切，見到埃力斯的靈魂，見到它的全貌、人格和缺陷。

凱爾使出全力，振作精神，努力把它推出埃力斯的身體。

這個行為讓他感覺到一種可怕的共鳴，他現在生活的身體是偷來的，現在他要竊取另一個身體。但是，儘管力量衰弱，埃力斯依舊是喚空者，他反擊，也同樣推擠，竭力對抗凱爾的意識，迫使凱爾的身體跪了下來。

你永遠無法擊敗我，埃力斯的宣示迴盪在凱爾的腦海。凱爾剎那間感覺像是被連根拔起，飄浮不定。萬一因為他不是在這個身體誕生的，而變得較難以居留定錨，萬一即使艾倫離開，他也無法撐住呢？恐慌開始湧上心頭，埃力斯的回擊力道把他推倒在地上，他手肘撐起身體，肩膀緊繃。

我辦不到，他心想，**我做不到**。

或許我們一個人是做不到的，但兩個人可以，艾倫的聲音出現，語氣堅定自信。他的意識加入凱爾，兩人協力湧向埃力斯，逼得他鬆開讓靈魂停泊身體的光亮絲線，把他整個推出去，推入虛無之中。

讓埃力斯的靈魂固定在身體的絲繩磨損斷裂，他甚至未發出任何尖叫號哭，就離去了。凱爾不知道靈魂的去向，猜想也沒有人知道，但確信那是在遙遠的虛空之外。

艾倫，凱爾心想，**艾倫，你得動身了**。

這就好像他感覺到艾倫的靈魂猶豫且顫抖吸了一口氣，凱爾最後一次探向艾倫，探向他的平衡力，探向這世界上他最為熟悉的靈魂。這就好像他的雙手掠過艾倫的靈魂，握住片刻後，就放開它。

埃力斯的身體跳動了一下，然後大口喘息。

艾倫，凱爾心想，**成功了嗎？**

但是沒有回應，凱爾耳裡迴盪一片寂靜。現在剩下他一人了，他沒料到回到以前那樣在自己腦海裡真正獨處，會這麼不習慣。

聲音轟然而至，凱爾了解到雙方已展開激烈交戰。混沌龍吞沒了高塔的另一區，數十位魔法師藉由阿勒斯泰和大氣力量的協助，已飛上高塔的二樓，加入賈思珀和塔瑪拉，迎戰動魔鈍。葛瑞塔、盧卡斯和拉雯也並肩作戰，葛瑞塔朝著混沌元素獸擲石，盧卡斯往他們注入高熱水流，拉雯不斷發射火焰。

在高塔內，綺米雅把安娜絲塔西亞安置在她膝上，像是在試著拯救她性命。

凱爾跌跌撞撞起身。「艾——埃力斯？」

埃力斯睜開雙眼，綺米雅倒抽了一口氣。這雙眼睛回復了湛藍，不再是閃爍星星銀光的漆黑。埃力斯劇烈咳嗽，像是暈眩不已，然後他努力讓自己跪起來。

這姿勢看起來很熟悉，他的動作不像埃力斯，而像是艾倫的動作，顯現出艾倫的姿勢。凱爾的心臟像是跳到了喉嚨，這是出自於他的想像，還是他們的計畫真的成功了？

如佛大師跑上樓梯，衝進室內，向北大師和奇姬大師也尾隨其後。他們全都盯著眼前的情景——安娜絲塔西亞在瀕死邊緣，被噬者仍盤據屋內，牆壁裂開跌落巨大的石塊。

而埃力斯，就在這一切的中央。

「埃力斯！」凱爾大叫：「埃力斯，制止混沌生物，讓大家知道你是站在我們這一邊的。」

「住手。」埃力斯大喊，語調像是他平常的聲音，卻又有點不同。「住手，混沌生物！我命令你們住手。」

飛龍倏然停下動作，動魔鈍咆哮一聲，塔外的混沌生物聽見後，傳來共鳴的聲音。

「返回混沌！」埃力斯大喊：「返回你們原來的地方！」

更多大師聚集在向北大師和奇姬大師後方，大家全都盯住埃力斯，看到他雙手一揮，命令混沌生物退散。

「牠們走了。」奇姬大師詫異地說：「看！」

從牆壁裂開的大洞，凱爾看到在動魔鈍率領下，混沌生物轉身離開。牠們像是在閃爍中消失離去，而每一個身影隱去，空中就留下一抹有如煙霧的暗痕。

教誨院的大師歡呼，拉雯、盧卡斯、葛瑞塔和阿勒斯泰卻不見蹤影，可能是擔心在迫切的危險解除後，他們將不會受到特別的歡迎。

「凱爾，過來。」綺米雅開口，急切揮手要他過去。塔瑪拉跪在她身邊，召喚大地魔法來治療安娜絲塔西亞。

凱爾並沒有阻止她，現在什麼也幫不了安娜絲塔西亞。她對他露出笑容，牙齒沾染了鮮血。「小君。」她輕聲呼喚。

塔瑪拉咬住嘴唇，臉頰漲紅。她向來痛恨安娜絲塔西亞用君士坦的名字來稱呼凱爾倫姆。

「小君。」安娜絲塔西亞又呼喚了一次。「我知道你做了什麼，我知道的。」

他伸手握住她的手，因為他從不是有意要害她受傷，從不是有意要讓任何人受傷。

「對不起。」他對她說：「真的，真的非常抱歉。」

「有時候，你真的不像我兒子以前的樣子，完全不像。」她說，然後抬高聲音。

「教誨院的魔法師們，我有最後的自白！」

埃力斯頹然跪坐下來。

「是我在控制埃力斯。」安娜絲塔西亞說，全場的魔法師屏住氣息，靜靜聆聽。

「是我控制了一切——不是約瑟大師，不是君士坦．喚豐，而是我，他們全是我的爪牙。」

「怎麼做？」向北大師質問。「妳是怎麼做到的？」

「我這叫名師出高徒。」她說：「我的兒子君士坦，是死神敵。他多年來都一直奴役著月成，強迫他擔任他的平衡力，強迫他不斷交出靈魂碎片。打從埃力斯成為我的繼子，我就開始控制他。剛開始只是小事，之後我讓他完全服從約瑟大師。他別無選擇，只能聽從他的命令。」她咳嗽，鮮血噴濺上她的雪白衣衫。「任憑你們處置他，我不在乎，我從來就不愛他。」

「那麼妳為什麼要告訴我們這件事？」如佛大師質疑。

「我想要得到頌揚。」安娜絲塔西亞粗嘎地說：「是我讓他成為被噬者，是我讓這座高塔矗立。教誨院從我身邊帶走我的兒子，但到頭來，卻還是為我服務，任我驅使。」她看著凱爾。他強迫自己對她微笑，她的表情像是放鬆了。「你們再也無法傷害我了。」她低語，然後合上眼睛，頭部無力地垂向一旁。

塔瑪拉驚呼，關妲跑向賈思珀，賈思珀牽住她的手，神色凝重。

埃力斯看著她，臉色慘白。「我做了什麼？」他問。這像是恰到好處的問題，同時也是扯動他內心深處的問題。埃力斯的目光轉向眾位魔法師，轉向如佛大師。「你們應該逮捕我，應該有人來逮捕我。」

「慢著！」凱爾說：「你們全聽到安娜絲塔西亞說的話了，是她強迫他做了這一切，是她強迫他成為混沌被噬者。你們早已同意原諒他的。」

「我們是同意審訊他。」向北大師說：「其實是葛雷夫同意的，但這不重要。而且因為他的緣故，葛雷夫死了。」

埃力斯垂著頭，**艾倫，凱爾心中呼喚，艾倫看著我。**

但是他沒有。凱爾不知道是要視他為埃力斯，還是艾倫；也不知道艾倫的靈魂在埃力斯的身體裡是否安然無恙；還是艾倫陷入悲痛，因為罪惡感或恐懼或其他一百萬個不同的理由，而深受打擊。或許他的靈魂曾被撕裂，或許他現在不是任何人，不是埃力斯，也不是艾倫。

就在此時，凱爾注意到小肆。小肆已經匍匐走到埃力斯身邊，就像以前對待艾倫的那樣，用鼻子輕柔磨蹭他的手。而埃力斯——艾倫，那一定是艾倫——漫不經心地伸手撫摸狼的頭。

凱爾見到如佛大師凝視著小肆，眼睛瞇了起來。他還來不及說什麼，瑞賈飛夫婦就飛奔上樓，衝進來擁抱塔瑪拉和綺米雅。「親愛的，妳們辦到了。」瑞賈飛太太親吻兩人。「妳們是英雄，我真以妳們為傲。」

凱爾私心認為，這些讚揚應該全屬於塔瑪拉，綺米雅完全不配，但是他什麼話也沒說。一陣旋風中，阿勒斯泰出現，大家全嚇了一跳。「其他生物全走了。」他說：「看來這一切終於結束了。」

「要等到他們釋放埃力斯。」凱爾堅持，而爸爸給了他一個非常疑惑的神情。

凱爾確信埃力斯就是艾倫，非常確定，卻還是真的非常希望艾倫能說點什麼來證實。只是，艾倫卻不發一語。

「夠了。」如佛大師說：「我們離開這座高塔，監禁……埃力斯，並不會危損任何人，我們要綁起他的雙手，讓他在聯合院面前接受審訊。」

「我們會把安娜絲塔西亞的屍體帶到魔法公會，準備舉行葬禮。」卡梅倫大師說。他是凱爾在青銅年級短暫造訪公會的行程中，所認識的魔法師之一。

如佛點點頭，顯然現在大家仰賴他，就跟過去仰賴葛雷夫一樣。「等我們確認沒有人因此身受重傷，我們就可以著手決定要怎麼處置埃力斯。」

「你怎麼可以表現出一副像是由你主持大局的模樣？」向北大師質問，似乎和大家的想法不同。

「我已獲邀加入聯合院，而且我也同意了。長久以來，我都一直想和魔法世界保持距離。因為以教導出我們最大敵手著稱，並不讓人好受。但是這一次，我已經同意了。」如佛大師神情沉重地說：「現在，我們可以把這些學生帶到安全地方了嗎？他們已經為我們承擔了夠多的危險。」

凱爾想要對艾倫說些話，但是向北大師已經讓他浮在空中。塔瑪拉對艾倫伸出手，他也毫無回應。凱爾和塔瑪拉四目相接，眼中浮現同樣的疑問。
那是艾倫嗎？如果是的話，他安然無恙嗎？

第十六章

返回教誨院的記憶是一團模糊，凱爾發現自己被匆匆送進醫務室，然後被莧紅大師裹上層層毯子，塔瑪拉和賈思珀也在他身邊各自被毯子裹住了。消息傳來，安娜絲塔西亞已被宣告死亡，凱爾雖然早已明白此事，這句話還是太直白令人震撼。

關妲進來，和大家擁抱。她帶著拉菲和蓋伊同來，他們給了賈思珀熱烈的擁抱，和塔瑪拉、凱爾擊掌慶賀。他們說，學校大家都歡欣慶祝，表現得像是根本從未懷疑過凱爾。既然蓋伊和拉菲也表現出他們本身也不曾心生懷疑，凱爾於是相信這是實情。

阿勒斯泰進來說他和葛瑞塔、盧卡斯、拉雯，決定趁還沒被抓起來和埃力斯關在一起之前離開教誨院。如佛大師答應他們，將在隨後的會議針對被噬者的境遇，討論出較好的體制，而在這之前，他們打算先暫且迴避。

「等你畢業，我會來見你。」阿勒斯泰承諾凱爾。「也用不著擔心我，我得先回家，確保房子和我的所有物品得到妥善處理。」

他們尷尬地沉默了一會兒，阿勒斯泰才彎腰碰觸凱爾的臉頰，這感覺就好像一陣風吹過。「對不起。」凱爾脫口而出。「因為我，才發生了這一切；因為我，你才成為大氣被噬者，你永遠沒辦法再修車子，去看電影——」

「我會去看電影。」阿勒斯泰輕柔地說：「我會飄蕩在後方，用不著花錢買票進場！」

「你知道我的意思。」凱爾說。

「聽著，凱爾，我這一生都希望自己能做得更多，做得更多來擊敗死神敵，做得更多來替瑟拉報仇。而我現在了解到，這種感覺已經消散，就像是終於可以讓它沉睡，我終於已經做了更多。」

「因為摧毀埃力斯？」凱爾問。

「因為扶養你長大。」阿勒斯泰說：「凱爾，你很善良，也是鬥士，更是了不起的魔法師。」他的眼光閃動。「我無法表達這段日子有多麼值得。」

凱爾欣喜雀躍，幾乎就要問阿勒斯泰什麼時候一起回家，但是莧紅大師狠狠看了他們一眼，要他們安靜，阿勒斯泰於是眨眨眼，就消失了。

凱爾嘆息。「莧紅大師？我在想我可不可以回去自己的房間休息？我沒有不舒服，只是真的很累。」

莧紅大師猜疑地看著他，他猜想她一定碰過很多孩子，不是努力想進來她的診間，就是急著離去。她的蛇有如披肩盤旋在她的肩膀，交替呈現天藍和黃色的色彩。「凱爾倫姆，如果你覺得應該回房就回去吧。但是如果覺得頭暈目眩，就立刻回來。」

「我可以跟他一起回去嗎？」塔瑪拉起身，聳肩甩落毛毯。

莧紅大師雙手高舉。「我就知道會這樣，畢竟，我憑什麼用確保身體無恙這種小事，來耽擱教誨院的英雄？」

賈思珀早就像是想要離開，但是當關妲進來醫務室擁抱他們之後，突然間，他的腳似乎就痛了起來，得要關妲坐在他床邊，表揚說他有多英勇。

凱爾逃進走廊，塔瑪拉跟在他後頭。

「我們要去見艾倫，對吧？」她問。

他點點頭。「如果能夠下去那裡的話，我們已經沒有鑰匙了。」

「地靈帶我們去過一次。」塔瑪拉說，決定開口呼喚那隻小蜥蜴。「地——靈——你在哪裡？終曲結束了，我們辦到了，真的結束了。但是我們需要你再幫我們最後一次。」

天花板倏忽射出長長舌頭，輕拍塔瑪拉的鼻子，惹得她拚命擦拭。「噁心！」她大叫。「地靈，這樣真的好噁心。」

蜥蜴元素獸發出嘶嘶的喘息聲，這可能是牠的笑聲。然後，牠從天花板爬下來，而每爬一步，牠的體型就跟著變大。隨著愈變愈大，牠背部的寶石也跟著散發強烈的光芒。走下地面後，牠已經比小肆還大，而且有著滿口的寶石牙齒。

「呃。」凱爾說：「哇，都不知道你可以這樣，我怎麼會一直不知道？」

「在你的過去是你的未來。」地靈說：「而在你的未來，是你的過去。」

凱爾嘆氣，了解到不管地靈體型為何，牠都絕無可能老老實實回答他。「你可以帶我們走那條秘密通道，到艾——我是說埃力斯被關的地方嗎？」

「另一個秘密嗎？好，地靈會保守另一個秘密。地靈會帶你們到那裡，但是你們欠地靈一次，地靈有朝一日會要求回報。」

「我以為拯救世界就已經是我們的回報。」塔瑪拉尖酸地說。

地靈沒理會她，逕自出發。跟隨體型較大的地靈，的確容易多了。牠還是可以爬行在天花板，這讓凱爾有點緊張，生怕牠掉下來。

他們穿過元素獸監獄的秘密入口，行經火焰牢室，再進入大氣牢室，這裡飛快移動的元素獸被關在透明水晶的密閉牢房，讓凱爾想起以前被關在圓形監獄的日子。

他們很輕易就找到艾倫，他坐在一間小牢房的地板上。如佛大師在牢房前來回踱步。「我們再幾分鐘就要舉行聯合院會議。」他說：「但是在那之前，我要你告訴我事情經過。」

艾倫看著牆壁，令人震驚的是，在凱爾眼中，他現在看起來好像艾倫，而不是埃力斯，彷彿他的臉型有了微妙的變化。凱爾知道他永遠不會回答如佛大師，在答案可能讓凱爾和塔瑪拉陷入麻煩時，他是不會說的。

「你說的事情經過是指什麼？」凱爾說：「你聽到安娜絲塔西亞的話了，埃力斯之前受制於她，現在他自由了。」

如佛大師富有表情的眉毛揚起。「而你們在這裡做什麼？這裡是你們絕對不該來的地方，我確定這件事並不是秘密。」

「呃。」凱爾說。當艾倫不在他的腦海裡，要說出老師喜歡的回答變得困難許多。

如佛搖搖頭。「反正我也不會相信。」他淡然說著：「控制別人是一種力量魔法，需要經常監督，但是安娜絲塔西亞．塔昆卻很少來到教誨院。」

「在我們青銅年級時，她都在這裡。」塔瑪拉說：「那時正是埃力斯變得邪惡的開始。」

「就算他受到控制。」如佛說：「就算她的死釋放了他，他依舊是埃力斯．史特賴克。但是小肆卻接近他，對待他的方式就像是你們其中一人，像是牠熟悉又喜愛的人。」

在牢房裡，艾倫非常輕微地搖搖頭。凱爾真希望自己還能讀懂艾倫的心思，知道他想要傳達什麼。

「當你說想給埃力斯重新做人的機會，我就在思索你知道什麼。」如佛說：「我知道你永遠不會原諒埃力斯，因為他殺害了艾倫，但是你又堅持要饒他一命。而現在他在這裡，看起來毫髮無傷，而且看起來不再像是埃力斯。」

塔瑪拉用力吞嚥了一下。「這是什麼意思？」她輕聲問。

「我想你們知道我是什麼意思。」如佛說：「但我希望由你們說出來。我挑明了說，決定埃力斯命運的聯合院會議就要召開了，如果你們什麼也不告訴我，我將盡全力反對釋放他。如果你們現在告訴我實情，我可能會幫助你們。」

「這個交易條件又不好。」凱爾說。

如佛大師雙臂交叉在胸前。「這是你們唯一可以得到的條件。」

「好吧。」凱爾說，拋開了所有謹慎小心。「他不是埃力斯，他是艾倫。」

艾倫看著地面，如佛大師似乎毫不詫異。「艾倫並未死於戰場。」

「他的靈魂進入我的體內。」凱爾說：「我的腦海帶著他，但我們知道他需要一個身體。而埃力斯殺了艾倫！他無緣無故就殺害他！應該要由他還給艾倫身體和人生，這樣才公平。」

「塔瑪拉，妳知道這件事嗎？」如佛問。

塔瑪拉伸手牽住凱爾的手。即使在這麼緊張的時刻，凱爾還是留意到她手指的溫暖；她的碰觸給了他信心，於是他更加抬頭挺胸了。

「我確實知情。」她說：「我同意保護凱爾和艾倫，如果艾倫沒有接掌埃力斯的身體，埃力斯就會一直戰鬥到凱爾喪命為止，而且還會傷害更多更多的人。你見到他對葛雷夫做的事了，現在，一個好人因為我們做的事而活了下來。」

「彷如小小的神祇來分配生與死嗎？」如佛大師說：「我是怎麼教你們的？我的教法到底有什麼問題，居然鼓勵我的學生做出如此傲慢的事？」如佛大師的最後一句說得比平常更大聲，就連他們讓他失望時，他也沒這麼大聲過。

凱爾大吃一驚，最後是艾倫開口回應。「這不是你的錯，我想如果是你的錯，那也是因為你一直挑選到喚空者。」

如佛大師深深看了他一眼。「史都華先生，繼續說。」

艾倫嘆息。「混沌魔法和其他魔法不一樣，我敢說教誨院有許多學生一定曾把他們的魔法用在各種奇異的事物上，像是造出假寶石來販賣，對魔法物品施法讓沒有魔法的人單腳跳之類的，或是讓人們看到不同結局的電影。測試尋常魔法的極限時是那樣，而測試混沌魔法的極限時，卻是……這樣。」

「艾倫，這些話聽起來很像你。」如佛說：「要不是我這麼生氣，我可能會感到很驚奇。」

「我們不想再惹上麻煩。」凱爾說：「我原本就不想涉及這樣的麻煩，如果你還記得的話，我甚至不想來魔法學校。」

如佛像是想要反駁，但是凱爾打斷他。「我這件事做得不對——但我想說的是，我們不會再操弄生死或相關的事。我們會去魔法公會，保持低調。」

「很好。」如佛大師說：「我會思考你們說的話，在聯合院會議做出決定。」他的手一揮，關住艾倫的剪力牆就崩落了。「即使你沒辦法說出整個事實經過。」他建議艾倫。「那就說出肺腑之言。」

塔瑪拉走過去，緊緊擁抱艾倫。「我好高興你回來了。」她說。凱爾感受到蠢蠢欲動的熟悉嫉妒心，他推開這樣的情緒，只為朋友重返世界感到高興。

艾倫走向凱爾，就像剛才對塔瑪拉的力道，給予凱爾同樣的緊緊擁抱。「謝謝你。」艾倫輕柔地說：「因為這種種一切，因為我的生命。你是我的平衡力，讓我均衡的人，永遠永遠如此。」

「來吧。」如佛大師說，示意要艾倫走到他面前。如佛的手腕一動，艾倫就套上了束縛衣。「聯合院的會議不要遲到了。」

凱爾和塔瑪拉跟著如佛大師走出元素獸的廊道，穿過幾個發出回音的石室，最後來到聯合院以前使用過的同一個大房間。裡面有同樣的桌子，而這一次艾倫被帶到正中央，他就站在那裡，承受所有人的目光。凱爾記得那是怎樣的感覺。

「埃力斯．史特賴克。」瑞賈飛太太開口，凱爾聽得出她的聲音充滿怒氣。「你當我們的面殺害了我們一個成員，也要為眾多的死亡和破壞負責。但是，你宣稱當時是受到安娜絲塔西亞．塔昆的控制，你可有任何證據？」

「她已經供認了。」艾倫說：「我的所作所為全是她的影響。」

「你可記得被控制？」向北大師質問，他坐在葛雷夫原本的位子。「你可記得自己做過什麼？」

艾倫搖搖頭。「我對於成為混沌被噬者沒有任何記憶。」他說。凱爾認為這句話是事實。「對於背叛教誨院也一樣沒有記憶。我效忠教誨院，而且痛恨約瑟大師。」他帶著一種難以偽裝的恨意說道。

「你要了解，要相信你不是件容易的事。」奇姬大師的語氣較為柔和。「我們全見到你燒毀了教誨院周遭的樹林，見到你折磨新生，殺害了唐楓大師。」

「那是安娜絲塔西亞的緣故。」艾倫顯得較為緊張，因為他現在的確是在說謊，而這總是讓他不自在。那不是安娜絲塔西亞，而是埃力斯。現在，他們兩人都已經死了，凱爾拚命對他傳送這個想法。這一次，他懷念起可以和艾倫無聲交談的時光。你不是在傷害他們，別人怎麼想他們並不重要，重要的是你安好。

「她為什麼要做這一切？」如佛大師表情高深莫測。「為什麼要利用你來擊垮學校和聯合院？」

「那是因為她兒子死亡，她因此怪罪和痛恨所有魔法師。」艾倫說：「我原本以為我會像是她新獲得的兒子，但我只是供她驅使的東西。她從君士坦的書籍學會不少魔法，可以掌握我一小片靈魂藉此控制它，就像撥亂反正師控制森林裡的動物一樣。當大家發現艾倫的事，那正是她行動的時候，她控制我，讓我殺害他，取得他的喚空者能力。之後，我就什麼也不記得了。」

塔瑪拉用肩膀碰碰凱爾的肩膀。「相當好。」她低語。她的意思是，相當好的謊言。場上大家交頭接耳。「她的確招認過了。」凱爾聽到有人這麼說，而也有人這麼說：「但要是他沒說實話呢？要是他們當時是同謀的呢？」

「我認為該是投票表決這件事的時候了。」向北大師說：「凡是接受埃力斯．史特賴克的說法屬實，並且容許他返回教誨院的人，請舉手。」

凱爾知道他和塔瑪拉不被允許投票。塔瑪拉凝視她的父母，無聲懇求，而經過好長一段時間，兩人終於都舉起手。在凱爾看來，似乎很多人都舉了手，但是，讓他感到害怕的是，如佛大師的手是放下的。艾倫盯著他的導師，臉色震驚發白。

「好。」向北大師說著，做了筆記。「現在，凡是支持把埃力斯．史特賴克送進圓形監獄的人，請舉手。」

也一樣多的手舉起來了，其中包括奇姬大師，但是如佛大師的手仍平放在桌上。

「如佛？」向北大師停下了筆。

「我棄權。」如佛大師的聲音跟砂礫一樣粗嘎。

向北大師聳聳肩。「那麼，現在是平手。」他說：「如佛，你得投票，我們需要打破僵局的表決。」

「他一定要。」塔瑪拉輕聲說：「他一定要投票支持──支持他。」

她看著艾倫，凱爾幾乎已經坐不住了，指甲壓向掌心，用力到發疼。

如佛大師起身。「有一件事可以決定這裡的真實。」他說：「與其憑直覺投票，我更願意看看埃力斯．史特賴克和凱爾倫姆．亨特通過第五道門。」

場上整個爆開了，但如佛大師還是面無表情，有如屹立在湍流之中的岩石。

「凱爾是我的門徒。」如佛說：「埃力斯是我的助教。我可以告訴你們，兩人都已準備好了。第五道門，也就是黃金之門，是關乎在世界行善，關乎真正意欲行善。如果這道門為他們開啓，容許他們通過，那麼他們就已經學會這個課題。請注意，君士坦從未通過那道門；他還沒被要求這麼做之前，就已經離開學校。如果埃力斯可以通過黃金之門，那麼我相信，不管他因為環境所迫而做了什麼事，我們都應該認同他有一個純真的心。」場上魔法師全都安靜下來，聆聽如佛發言。等他說完之後，場上靜默了好一段時間。

「很好。」向北大師終於說道：「我非常願意見到兩人接受黃金之門的考驗，在鍊金術中，黃金被視為最純粹的金屬，黃金之門將考慮你們內心的純真。孩子，如果你們失敗的話，就將被監禁一輩子，不會再得到機會。回去你們的寢室，換上制服，作好準備。」

「如果他們要通過黃金之門。」塔瑪拉說：「我也要跟他們一起去。」

「而如果妳失敗了，就會面臨和他們一樣的命運？」向北大師說，而如佛大師的表情似乎並不愉快。

「不。」瑞賈飛太太站起來。「她當然不要，沒有人會懷疑塔瑪拉一直在為教誨院和魔法界努力，她的命運不容置疑。」

瑞賈飛先生和他的太太並肩而立。「別讓我們的女兒加入。」

「我之前劫獄救出凱爾，而我現在信任埃力斯。」塔瑪拉告訴魔法師。「這樣就足以和他們面臨一樣的命運。如果黃金之門不讓我通過，那麼我也不該擁有和他們不同的命運。」

「塔瑪拉——」凱爾開口。他相信她一定會通過黃金之門，但是他甚至不願想到圓形監獄的陰影可能接近她。

「很好。」向北大師打斷凱爾。「你們三人都去準備，我會在結業殿等候你們。」

在返回他們在教誨院的寢室途中，凱爾因半釋放出緊繃的情緒，全身為之震顫。塔瑪拉牽起他的手。艾倫的呼吸急促不穩，像是努力壓抑不讓恐慌發作。

「我想我們成功了。」凱爾在三人走進寢室時，終於開口說道：「我們只需要再通過最後一道門，就可以從教誨院畢業，並且避開牢獄之災。」

艾倫緩緩地點點頭，他長長吐了一口氣，坐到沙發上。「且讓我們希望黃金之門會讓我們通過。還有，謝謝你們兩人，把我帶回人世。光說就有點棘手了，但是要成功辦到更是棘手許多。」

塔瑪拉捶擊他的肩膀。「歡迎回來。」她說，然後他給了她一個擁抱。兩人都露出微笑，凱爾也露齒一笑。

「感覺如何？」凱爾問：「這樣重返人世。」

艾倫轉向他，即使那是埃力斯的臉，卻可以輕易察覺它散發出艾倫的靈魂。「你是說用不著在你的腦袋瓜子裡跑來跑去？這感覺有點詭異，就像這身體是一件還不太合身的西裝，不過它還是宜人又安靜。住在你的腦海，就有點像是住在自責、頑固和荒謬主意所形成的大漩渦裡。」他轉向塔瑪拉。「說真的，妳真該看看他沒有大聲說出口的想法。他一直在考慮一種痛擊埃力斯的方式，當中包括口香糖、迴紋針和——」

「好了。」凱爾打斷他，把艾倫推向賈思珀的房間，希望那裡還有額外的制服。「我們最好快點準備，不能讓眾位魔法師等候！」

他和塔瑪拉各自回房換衣服。小肆四腳朝天睡在凱爾的床上。凱爾一陣難過，要是他沒能通過最後一道門，誰會照顧小肆呢？他伸手揉揉狼的頭，努力不再多想，然後走到他的衣櫃。

一件乾淨的黃金年級紅色制服掛在那裡，凱爾先前的制服已經毀了，沾滿了泥土和血跡。在某個階段，他們實際的結業時間就已開始變得非常模糊。這不是他們第一次跟其他同學在不同的時間通過年級結業門，然而，這將是最後一道。

他換好制服，然後走去拿放在床頭櫃上的彌拉，再把它繫在腰帶。他準備完畢。只是再怎麼準備也不夠。門上一聲敲門聲，塔瑪拉旋即溜進他的房間。她也穿上了黃金年級的制服，臉頰紅潤，秀髮結成髮辮盤在後腦勺。凱爾覺得她好美，也頓時鬆了一口氣，已經沒人在他腦海裡等著取笑他。他可以就這樣看著塔瑪拉，想著自己是多麼喜歡她，即使有朝一日她無法回應他的喜歡，即使那一天就是現在，但只要她永遠是他的朋友，那就沒關係。

「我來這裡是因為有事想告訴你。」她說：「是我之前沒辦法告訴你的事。」凱爾驚慌起來。「什麼事？」

「就是這個。」說完，她就投入他的懷抱，親吻他。凱爾一度擔心自己可能會震驚到無法動作，但結果發現根本白擔心了。他的雙臂擁著塔瑪拉回吻她，感覺整個人輕飄飄的。她的雙手環住他的脖子，他把她抱得更緊了，兩人的吻是不可思議的輕柔和甜蜜，但同時間他腦海裡卻又像是星辰和彗星爆炸了。

她稍稍抽身，眼眶噙著淚水。「好了。」她說：「艾倫在你的腦海時，我沒辦法這麼做。」

「妳是當真的？」他問：「就是說，妳是當真——當真喜歡我？塔瑪拉，因為我愛妳，我想當妳的男朋友。」

凱爾心想，如果她只想當他的朋友　那也真的沒關係。他焦急地盯著她，看到她的眼睛逐漸瞇起來——哦，老天，她就要說不了。她就要說吻他只是表示結束，只是為他感到遺憾，或是因為她認為他很快就要死掉了。

「我也愛你。」她說：「而且我真的非常痛恨有別人當你的女朋友，所以我想最好還是由我來。」

這一次，換成凱爾主動吻她，她踮起腳尖回吻他。當小肆出聲吠叫時，兩人還在熱吻當中；而在他們分開，開心傻笑時，小肆開始對凱爾房門抓個不停。

「哎，這表示有人來了。」塔瑪拉不太情願地離開凱爾的懷抱。「我想我們最好去看看那是不是如佛大師。」

兩人手牽手走進交誼室，但來人不是如佛大師，而是關妲和賈思珀。賈思珀看著他們緊握的雙手，挑高了眉毛。「這可是一對熱戀中的年輕情侶？」他詢問。

「住口，賈思珀。」關妲輕擊他的肩膀。

「是。」凱爾隨口回答。他也可以取笑他們接吻的事，但在這個時候，他並不想要取笑任何人。他現在太開心又太害怕，非常奇怪的結合。

「我們要來帶你們去最後一道門。」賈思珀說：「其他魔法師都在那裡等候，你們先畢業而我沒有，真是不公平；這絕對會讓公會可能給你們較好的位置。」他嘆息。「不過——至少我爸爸不會有事。」

凱爾點點頭，賈思珀的爸爸因幫助約瑟大師而入獄，他沒辦法為此感到難過；卻很高興因為賈思珀的緣故，他爸爸不會有其他事。「公會也可能拒絕我們。」他試著替賈思珀打氣。「免得我們不小心把它燒光光。」

「是呀。」塔瑪拉說：「而且機會只有兩張，不是『提早畢業』，就是『直接坐牢，不得經過起點，不得領取百萬元。』（借喻『大富翁』抽到『機會』卡牌的判定。）」

就在這個時候，艾倫走出賈思珀的房間。大家都愣住了，他穿著一套極為合身的制服，凱爾猜想那應該不是賈思珀的。

艾倫臉上的笑容充滿期待，也十分緊張。「我當時不是……我自己；但是現在，我又是自己。我希望你們能夠原諒我。」

「你現在真的加入好人隊了嗎?」賈思珀問。

艾倫點點頭。

賈思珀盯著他看了好久好久。「哦。」

「來吧。」闕妲說:「我們來看看他是否誠實。」

他們結隊穿過教誨院的洞穴,經過一間長有高大石筍、空中瀰漫騰騰泥水熱氣的房間。他們低頭穿過另一道門口,進入結業殿。一道凱爾從未見過的拱門閃爍金光,上方牆壁「原質」的刻字閃亮,彷彿從刻痕內槽發出光芒。

較少的一群人已聚集前來見證這一刻,包括如佛大師、奇姬大師、向北大師和瑞賈飛夫婦。闕妲和賈思珀對凱爾和塔瑪拉喃喃說著最後的祝福話語,就走到另一頭和老師、聯合院成員站在一起。

如佛大師臉上原本掛著不自然的微笑,在見到他們進來後放鬆了下來。「塔瑪拉、埃力斯、凱爾,你們準備通過教誨院最後一道門,也就是平衡之門。你們之前所學讓你們通過控制、親密、創造和轉換之門,許久以前,你們通過了第一道門,也就是控制之門,憑自身力量成為了魔法師。現在,等你們通過平衡之門,你們就不只是魔法師,而且是魔法世界中資格完備的成員。通過這道門要求你們必須能夠為他人福祉,拋開個人的欲望和情緒。如果你們可以看見門，就表示已準備好接受考驗。塔瑪拉・瑞賈飛，妳先行。」

她上前一步，抬頭挺胸，走進黃金之門。如同通過第一道門時，她伸手碰觸拱門，旋即消失了身影。

「接下來，埃力斯・史特賴克。」

「好。」艾倫顯得有點緊張。他在褲子上擦拭了一下雙手，就走向拱門，再深深吸了一口氣，便穿行通過，身影同樣消失不見。

凱爾看不到他們兩人，看不出他們是否成功到了拱門的另一頭。他只見到如佛大師堅決的表情，以及其他魔法師的視線，大家都等待他接受裁判。

「凱爾倫姆・亨特。」如佛大師說：「換你了。」

凱爾吞嚥了一下，就走向拱門。

「等等！」一個聲音叫喚。「停！」

凱爾轉身，訝異地看到阿勒斯泰來了。他看起來非常像他以往的模樣，只是邊緣略顯模糊，而且不再戴著眼鏡。他看向如佛大師，凱爾了解到他的導師必定召喚了爸爸來參加這個儀式。

「我們現在就得進行。」向北大師說。

阿勒斯泰消失，然後在距離凱爾一步遠的地方再度出現。凱爾走向爸爸，他們迅速擁抱了一下。事實上，現在已經開始可以感受到阿勒斯泰的實體了，凱爾幾乎可以感覺到他外套的材質。「我曾經通過平衡之門。」阿勒斯泰低語。「你是我的兒子，你也可以。」

「我知道。」凱爾情緒整個鎮靜下來，他放開爸爸。場上有人竊竊私語說居然讓被噬者進入結業殿，卻沒有人對此採取實際行動。

教誨院已出現極大的改變，凱爾這麼想著，就往平衡之門踏上最後一步。身後傳來一陣加油聲，阿勒斯泰、關妲、賈思珀，甚至還有瑞賈飛夫婦。

他不是獨自一人通過的，有人支持他，而且另一頭是他最好的兩個朋友。

他深呼吸，走進拱門。

這就像龍捲風的風眼，他的人生影像在周圍閃現——冰雪洞穴、他的舊滑板、阿勒斯泰的廚房、學生滿座的大食堂、如佛大師的課堂、艾倫和塔瑪拉的歡笑，還是小狼的小肆躲在凱爾拉上拉鍊的外套。對這一切的愛浮現在他內心，溢滿胸口。

他見到黃金高塔崩塌，埃力斯騎在龍上，德魯把艾倫懸掛在混沌獸上方，安娜絲塔西亞垂死，約瑟大師看著他。但是，他並未感受到怒氣，他擊敗了這些人、這些事，他獲勝了。他身上良善的部分獲勝了，再也沒有不屬於他的記憶縈繞心頭。沒有君士坦的記憶，沒有屬於莫高力的記憶，只有屬於他本人的記憶。

他現在知道真正的自己是誰。

他是凱爾倫姆·亨特。

龍捲風呼嘯離去，隨後的寂靜幾乎讓人感覺像是耳聾失聰。他站在門的另一頭，身旁是艾倫和塔瑪拉，兩人對他露出燦爛的笑容，他們也都辦到了。當下，群眾看不到他們，凱爾卻可以見到魔法師隱約的身影，看到他們焦急地凝視拱門。不多時，幻牆就將倒下，但是此時，他們三人是在一起的，沒有人看得見。

「我們辦到了。」塔瑪拉說，她一隻手牽起艾倫的手，另一隻牽住凱爾的手。「我們一起做到了。」凱爾和艾倫也握住手。

「同時，我們得承諾不會像其他的混沌使用者。」艾倫緊緊握住凱爾的手說：「不會像莫高力，等我們變老，該逝去的時候，我們就要離去，永遠不會再做出像這樣的事。」

凱爾點點頭。「不更換身體。」

「不更換身體。」塔瑪拉說：「你們要彼此監督，而我會監督你們兩人。如果你們有人破壞協定，另一個人就要起而阻止，我會協助他。了解嗎？」

艾倫微笑，他的目光不太一樣，那雙過去並不屬於他的眼睛顯得有些異樣。「我保證。」他說：「我絕對保證，就我這一生，我永遠永遠不會再竊取另一個身體。」

凱爾堅定注視艾倫的眼睛。「我也保證。」他說：「從現在開始，我們都會按照規矩行事。」他對著艾倫微笑，壓下閃現的疑心。他現在是好人了。他們兩人現在都是好人。

只需要像這樣繼續保持下去。

國家圖書館出版品預行編目資料

魔法學園Ⓥ黃金巨塔/荷莉．布萊克、卡珊卓拉．克蕾兒；陳芙陽譯. --初版. -- 臺北市：皇冠, 2019.6
面；公分. -- (皇冠叢書;第4766種)(JOY;218)
譯自：Magisterium：The Golden Tower
ISBN 978-957-33-3450-7 (平裝)

874.59　　108007174

皇冠叢書第4766種
JOY 218
魔法學園Ⓥ黃金巨塔
Magisterium：The Golden Tower

作　　者—荷莉．布萊克、卡珊卓拉．克蕾兒
譯　　者—陳芙陽
發 行 人—平雲
出版發行—皇冠文化出版有限公司
台北市敦化北路120巷50號
電話◎02-27168888
郵撥帳號◎15261516號
皇冠出版社(香港)有限公司
香港上環文咸東街50號寶恒商業中心
23樓2301-3室
電話◎2529-1778　傳真◎2527-0904
總 編 輯—龔穗甄
責任主編—許婷婷
責任編輯—平　靜
美術設計—王瓊瑤
著作完成日期—2018年
初版一刷日期—2019年6月

法律顧問—王惠光律師
有著作權．翻印必究
如有破損或裝訂錯誤，請寄回本社更換
讀者服務傳真專線◎02-27150507
電腦編號◎406218
ISBN◎978-957-33-3450-7
Printed in Taiwan
本書定價◎新台幣299元/港幣100元